무림에 떨어진 현대인   6

초판 1쇄 인쇄일 2021년 07월 09일 | **초판 1쇄 발행일** 2021년 07월 14일

지은이 청루연 | **펴낸이** 곽동현 | **담당편집 팀장** 이범수
편집부 정요한 최훈영 조혜진

펴낸곳 (주)조은세상 | 출판등록 제2002-23호
주소 서울특별시 동작구 동작대로1길 27 5층
TEL 02)587-2966 | FAX 02)587-2922
E-mail bukdu@comics21c.co.kr

청루연ⓒ2021
ISBN 979-11-6591-981-8 | ISBN 979-11-6591-687-9(set)
값 8,000원

무림에 떨어진

청루연 신무협 장편소설

현대인

6

파피루스
세상

청루연 신무협 장편소설

NEO ORIENTAL FANTASY STORY

CONTENTS

　남궁장호의 내부는 큰 변화를 맞이하고 있었다.

　지금까지 기해혈(氣海穴)에 모여 있던 막강한 창천대연신
공의 기운이 모두 사라져 버린 것.

　대신에 단전을 빠져나간 창천대연신공의 기운이 사지백해
를 뻗어 나가 쉴 새 없이 세맥 사이를 휘돌고 있었다.

　거대한 기의 흐름이 내부에서 원(圓)을 이루며 회전하는
현상.

　전신이 단전화되어 더 이상 단전이 무의미해지는 경지, 즉
공단이었다.

　믿기지가 않았다.

9

시계(視界)를 포함한 오감(五感)이 기존의 수배로 확장되어 있었다.

인간의 몸에서 이만한 활력과 고양감이 샘솟을 수 있단 말인가?

이건 마치 전혀 다른 육체를 뒤집어쓴 듯한 착각마저 일어날 지경이다.

화르르르르.

자신의 전신 모공에서 뿜어져 나와 아지랑이처럼 너울거리는 푸른 불꽃이 너무나 아름답고 눈부셨다.

'이것이 화경……'

꿈에 그리던 경지, 신기루처럼 잡히지 않았던 그 조화경(造化境)의 경지를 마침내 이룩하게 된 것이다.

그렇게 공단의 첫 회전이 끝나자 남궁장호의 내부에서 불같은 쾌감이 일어났다.

아아아아아아아아아~

남궁장호의 강대한 창룡후(蒼龍吼)가 기다랗게 메아리치며 조가대상회의 총단을 휘감는다.

그것은 강호에 또 한 명의 화경이 출현했음을 알리는 신호였다.

그런 남궁장호를 물끄러미 응시하고 있는 마염랑 위지악.

갑작스럽게 남궁장호가 기연을 맞이하자 그는 어이가 없다는 듯 피식 웃어 버리고야 말았다.

곧 그가 귀두도를 등에 갈무리하더니 남궁장호를 향해 뚜벅뚜벅 다가갔다.

"어이 남궁."

남궁장호도 무심한 얼굴로 검을 거두고 있었다.

"말하라."

마염랑 위지악이 남궁장호에게 다가가 어깨를 툭 쳤다.

"씻팔, 양심이 있으면 화주 한 잔 정도는 사야 되는 거 아닌가? 돌아가는 꼴을 보니 내가 지금 네놈의 은인이 된 거 같은데."

"……."

남궁장호는 잠시 고민하는 얼굴을 하더니 입가에 점점 미소가 번져 갔다.

"부정할 수가 없군."

"헤, 그렇지?"

갑자기 발걸음을 옮기는 남궁장호.

"뭐, 뭐야? 도망가는 거냐?"

"조가객잔."

"오오!"

남궁장호가 흘깃 뒤를 돌아본다.

"……이름이 뭐지?"

"마염랑 위지악."

남궁장호는 과연 그럴싸한 별호라 생각했다.

쉴 새 없이 밀려오는 그의 쌍수귀도술은 마치 화염의 파도와 같았으니까.

피식.

"한빙주로 대접하지."

그런 남궁장호의 말에 마염랑 위지악과 패염귀 적염이 낄낄거리며 신이 났다.

"싯팔 역시 명문 정파! 은자가 겁나게 많은가 보다!"

"야! 오향장육은 내가 쏜다! 싯팔 천살 월봉을 무시하진 말라구!"

"거 싯팔들은 좀 빼고 말하면 안 되나?"

문득 남궁장호는 가문을 벗어나 강호에 출도하기를 정말 잘했다는 생각이 들었다.

불어오는 샛바람에 무복이 거칠게 펄럭이자 남궁장호가 한껏 좋아진 기분으로 힘차게 나아갔다.

조휘가 제갈운이 완성한 포양호 변 십 층 전각 단지의 조감도(鳥瞰圖)를 살피며 감탄을 거듭하고 있었다.

"오오……!"

그것은 현대의 아파트 단지와는 전혀 다른 색체를 지닌 조감도였다.

단숨에 느껴지는 컨셉은 자연과의 조화.

단지의 후원, 거대한 바위틈 사이로 조성된 인공 폭포.

수많은 기화이초들과 기암괴석.

수직, 수평적인 배열이 아닌 자연스럽게 주변 정취에 녹아 있는 이십여 채의 전각들.

그야말로 동양의 정취가 물씬 풍겨 오는 전혀 다른 느낌의 주상복합 단지였다.

"그리고 이건 기술자들이 내놓은 해결 방안이에요. 과연 기술자들의 안목이란 대단하더군요."

염상록이 모집해 온 목공(木工)과 석공(石工), 도공(陶工) 등의 기술자들.

그들은 제갈운으로부터 포양호 변 십 층 전각의 계획을 처음 들었을 때 하나같이 고개를 절레절레 저으며 집에 돌아가려 했다. 너무 현실성이 없는 계획이었기 때문이다.

철로 전각을 짓는다니!

그것은 지금까지 중원에 단 한 번도 출현하지 않는 건축 개념이었다.

그 영화로운 황궁(皇宮)의 성벽도 철로 짓지 않는다.

황제가 은자가 없어 철을 활용하지 않겠는가? 그만큼 비용 대비 효율이 떨어지는 것이다.

일개 철방이 그 많은 철광석을 수급할 수 있는지도 의문스러운 판국.

한데, 사천의 철광석이 물밀듯이 들어오기 시작했다.

게다가 조가대상회의 주괴 공방이 탄생시킨 거대한 용광로.

숯 대신 석탄(石炭)을 열원(熱源)으로 하는 그 용광로라는 물건으로 인해 하루에 수천 근에 달하는 강철 주괴가 미친 듯이 쏟아지고 있었다.

당황하기 시작한 기술자들.

기존의 다섯 배에 달하는 월봉을 준다기에 그저 호기심 반 물욕 반으로 입사했던 기술자들이 그제야 조가대상회의 계획이 장난이 아니라는 것을 깨달은 것이다.

그쯤부터 목공과 석공, 도공들의 설전(舌戰)이 시작되었다.

분명 H빔 형태의 철 기둥은 나무 기둥에 비해 엄청난 하중과 장력을 견딜 수는 있었다.

허나 어디 전각이란 것이 기둥만 있다고 완성되는 것인가?

H빔에 결착될 전각의 외피(外皮), 즉 주자재를 무엇으로 할지 치열한 논쟁이 펼쳐진 것이다.

기술자들 중에서 그 수가 가장 많은 목공들.

그들이 가장 먼저 강송(剛松)을 주재료로 할 것을 제갈운에게 제안했다.

강송으로 지은 전각은 수백 년의 세월을 견딜 수 있다는 것이 목공들의 주장이었던 것.

물론 틀린 말은 아니나 그렇게 수백 년을 견뎌 냈던 전각들이 십 층은 아니지 않은가?

반면 석공들은 강송으로는 어림도 없다며 반론을 꺼내 들었다.

모진 세월의 풍상에도 가장 끄떡없는 재료는 고대로부터 오직 돌(石)이라며, 비용이 많이 들더라도 무조건 화강암을 주재료로 쌓아 올려야 한다고 주장하고 나선 것.

하지만 제갈운으로서도 고민에 빠질 수밖에 없는 것이, 주재료를 화강암으로 하면 H빔의 특성상 결착되는 재료를 쌓아 올릴 수가 없는 구조라, 화강암을 거대한 판(板)으로 성형해야 한다는 점 때문이었다.

이는 더욱 단단한 구조로 전각을 건설할 수 있다는 장점은 분명했지만, 많은 비용이 추가로 발생하는 치명적인 문제를 수반하고 있었다.

그렇게 각자의 일감과 기득권을 지키기 위해 매일매일 목공과 석공들이 옥신각신하고 있을 때.

뜬금없이 도공(陶工)들이 기상천외한 흙을 가져왔다.

흙을 다루는 도공들이 지난 시간 무수한 실험 끝에 탄생시킨 그 특수한 모래를 그들은 결합토(結合土)라 불렀다.

그것은 인류사에 등장한 최초의 시멘트라 할 수 있는 회반죽과 비슷한 성분을 지니고 있었다.

하지만 회반죽과는 엄연히 다른 점이 있었는데, 굳었을 때의 그 강도가 매우 뛰어나다는 점이었다.

그것은 회반죽과 함께 혼합된 미세한 흙, 강흑토(强黑土)라는 기이한 재료 때문이었다.

강흑토는 포양호 하류의 사하구 변, 제법 깊은 수심에서 채취할 수 있는 특이한 흙으로, 오랜 세월 도자기를 굽는 도공들에 의해 쓰임이 활발했던 흙이었다.

강흑토는 깊은 퇴적층의 흙이라 그간 채취할 수 있는 양에 한계가 있었는데, 고명한 수공(水功)을 익히고 있는 철권왕의 수하들이 동원되니 하루에 채취할 수 있는 양이 평소의 수십 배를 넘어서 버린 것이다.

곧 도공들은 거푸집을 활용해 쌓는 방안을 제갈운에게 제시했다.

중원에서도 토성(土城)을 쌓을 때 거푸집을 활용하긴 하지만, 이처럼 H빔과 같은 특수한 형태의 기둥에 결착되는 거푸집은 기술자들에게 큰 호기심을 불러일으키기에 충분했다.

기술자들의 제안을 묵묵히 살피던 조휘가 다시 입을 열었다.

"목공들은 '강송'을, 석공들은 '화강암 석판'을, 도공들은 '결합토'를 주장한다는 거죠?"

"네. 구조적인 측면이나 비용적인 측면, 시간적인 측면에서 모두 장단점은 있어요. 일단 철골에 화강암 석판을 덧댄 구조가 가장 튼튼하겠죠. 하지만 비용이나 시간이 가장 많이 소요됩니다. 또한 재해로 인한 파손 시 부분 교체가 힘들다는 치명적인 단점이 있지요."

"강송은?"

"가장 빠른 시일 내에 전각을 올릴 수 있고, 비용도 가장 적게 들지만 목재의 특성상 내구성에 취약하죠. 일부분이 좀이 들거나 부패한다면 전각에 구조적인 문제를 일으킬 수도 있고요. 특히 물에 가장 취약하니까요."

조휘가 생각하기에도 강송은 현실성이 없었다.

단순한 구조의 목조 건물에는 유리하겠지만 십 층의 전각 구조에는 확실히 어울리는 재료가 아니었다.

"저는 도공들이 제안한 결합토가 가장 이상적이라 생각해요. 거푸집을 활용한 공법도 시간적인 측면에서 이상적이고 그 강도 역시 암석만큼은 아니지만 그에 준하니 훌륭한 편이고요. 무엇보다 관리의 측면에서 빼어난 공법이에요. 부분 수리가 가능하니까요. 선택은 회장님이 하는 거죠."

사실 조휘로서도 수십 채에 달하는 십 층 전각들을 짓는다는 것은 크나큰 모험이었다.

현대에서도 건물을 올리기는커녕 개집조차 손수 지어 보지 못했다. 여타의 일반인들처럼 단지 그 개념만 어렴풋이 알고 있을 뿐.

조휘가 신중하게 입을 열었다.

"일단 백분지 일 규모의 모형으로 여러 가지 재료를 이용해 실험해 봅시다. 설계도해는 그 후에 확정짓는 것으로 하지요. 아 그리고!"

뭔가 생각난 듯이 눈을 빛내고 있는 조휘.

"예전에 제가 말했던 승강기(昇降機)라는 개념의 장치 기억하십니까?"

제갈운이 나직이 한숨을 내쉬었다.

"후…… 그 문제는 저로서도 해결하기 힘들더군요."

제갈세가의 뛰어난 토목기관지술로도 승강기라는 현대의 구조물은 넘을 수 없는 벽이었다.

함정을 밟으면 굴러떨어지는 돌.

건드리면 바닥에서 튀어나오는 칼.

대부분의 기관지술의 묘용은 그 힘이 일회성에 그친다.

기관술이 펼쳐진 곳의 뒷면을 살펴보면 강력하게 꼬아 놓은 철사나 밧줄, 톱니바퀴 따위가 어떤 충격을 받으면 작동하는 구조가 대부분이었다.

한데 조휘가 말한 승강기라는 개념은, 끊임없이 이어지는 동력(動力) 없이는 결코 십 층 전각을 쉴 새 없이 오르내릴 수가 없었다.

제갈운이 아는 한 그런 무한동력(無限動力)은 이 세상에 존재하지 않았다.

"음……."

엘리베이터는 조휘가 중원에 꼭 구현해 내고 싶은 것들 중 하나였다.

하지만 아직 중원의 기술 수준이 그에 미치지 못했고, 자신의 지식수준도 그런 고차원적인 기술을 발휘할 정도는 아니었다.

증기 기관까지는 어떻게 해 볼 수 있다고 해도 전기는 전혀 다른 차원의 문제였다.

어? 가만?

갑자기 조휘의 머릿속에서 별안간 스친 생각.

"인력(人力)을 쓰면 되잖습니까?"

"네?"

휘둥그레 뜨여진 제갈운의 두 눈.

"거 간단한 도르래의 원리를 이용한 승강기라면 충분히 구현할 수 있지 않습니까? 도르래를 굴릴 인원이야 우리 조가대상회에 차고도 넘치고요."

"혹시 흑천련의 잔당들을……?"

음습한 미소로 고개를 끄덕이는 조휘.

"거 어차피 그놈들 힘 쓸 곳도 없잖습니까? 월봉만 적당히 올려 주면 서로 근무하려고 할 것 같은데. 그 비용이야 전각 주민들의 관리비로 회수하면 되고요."

"이 악마!"

마치 소름 돋는다는 듯한 제갈운의 표정.

아니 아무리 사파라지만 어떻게 무공을 익힌 강호인들을 도르래꾼으로 고용할 생각을 할 수 있단 말인가?

"아니 제가 왜 악마입니까? 남아도는 인력을 친히 돈을 더

주고 고용하겠다는 건데!"

이 시대의 가장 흔한 것은 인적 자원, 즉 노동력!

"그래도 그들은 무인(武人)이잖아요!"

"아니 뭐 무공을 익혔다고 매일매일 칼만 휘둘러야 된다는 법이 있습니까? 평소에는 남들처럼 일을 해야지요, 일을!"

"……."

기이하게도 묘하게 설득력이 있다.

제갈운이 한숨을 내쉬다 질린다는 듯이 조휘를 쳐다보았다.

"알겠어요. 도르래 승강기라는 것…… 초안을 잡아 보겠어요. 구조가 간단해서 이틀 후 정도면 도해를 받아 볼 수 있을 거예요."

갑자기 조휘가 벌떡 일어났다.

"아니, 가만 생각해 보니 인력으로 안 되는 게 없네? 거 옥상의 수조(水槽)에 물을 채우는 일도 간단하게 해결되는데요?"

"네?"

"경공이 뛰어난 자들을 물지게꾼으로 고용하면 될 거 아닙니까?"

조감도를 바라보는 조휘의 얼굴이 회열로 번들거리고 있었다.

"저 바위들! 화경의 고수 셋만 고용하면 사흘도 안 돼서 죄다 나를 수 있을 듯. 기중기(起重機)가 왜 필요합니까? 붕 날라서 탁 놓으면 그만인데."

제갈운의 눈에 조휘는 훌륭한 마인(魔人) 그 자체였다.

조휘가 한빙주를 대량 생산하기 위해 서재에서 체계적인 분업화를 한창 고민하고 있을 때 문이 덜컥 열리며 장일룡이 난입했다.

"형님! 희소식이우!"

"……희소식?"

장일룡의 얼굴에는 희색이 만연해 있었다.

"그렇수! 이 총관님께서 돌아왔수다!"

"뭐라고!"

사실 조휘는 한 달이 넘도록 이 총관의 소식이 들려오지 않자 반쯤은 포기 상태였다. 한데 별안간 이 총관의 소식이 날아든 것이다.

벌떡 일어나며 놀라고 있는 조휘에게로 또다시 장일룡이 음성이 날아들었다.

"한데 조금 문제가 있수!"

"문제?"

조휘로서는 이 총관이 살아 있다는 것만으로도 고마운 일. 거기에 문제랄 게 있을 수가 없었다.

"이 총관께서 혹을 달고 오셨수."

"혹? 그게 누군데?"

"나가 보면 알 거요 형님. 나보다 덩치가 큰 인간이 우리 사부 외에 또 있다는 게 놀라울 따름이우."

"덩치?"

호기심이 치민 조휘가 서둘러 자리를 박차 서재 밖으로 나섰다.

저기 연무장을 가로질러 자신에게로 다가오고 있는 두 노년인.

그중 한 명의 생김새가 영락없는 이 총관이라 조휘가 화색이 만연한 얼굴로 그에게 달려갔다.

"이 총관님!"

"흑흑! 회장님!"

큰일을 맡길 수 있는 믿음직한 사람은 이여송 총관만 한 인물이 없었다.

그만한 인재를 잃는 것이 얼마나 큰 손실인가?

더욱이 조가대상회의 창업 공신이라는 점과 그간 쌓인 정(情)을 생각하면 더욱 잃어선 안 될 인물이었다.

그런 그가 이렇게 몸 성하게 돌아왔으니 조휘로서는 기쁘기가 한량없었다.

한데 의외로 고생한 태는 보이지 않았다. 말끔하게 옷을 차려입고 있었고 외상(外傷)도 없었다.

그렇게 이 총관이 무사하다는 사실에 안심이 되자 그제야 조휘는 그의 곁에 있는 거구의 노인을 살필 여유가 생겼다.

'음?'

장일룡보다 머리 하나는 더 큰 점은 차치하고서라도 그 기세가 가히 타오르는 불 같은 노인이었다.

보통 고수(高手)라면 그 기세나 기운을 내부로 갈무리하기 마련인데, 마치 불처럼 타오르는 강대한 기운을 가감 없이 외부로 투사하고 있는 특이한 무인이었다.

한데, 그에게서 느껴지는 것은 단순한 강자의 기운이 아닌 강대한 의념지기.

조휘는 그가 보통의 노인네가 아니라는 것을 직감했다.

"총관님, 이분은⋯⋯?"

눈물을 흘리던 이 총관이 옷매무새를 가다듬으며 황급히 정신을 차렸다.

"아, 이분께서는 팽율천 대협이십니다."

'⋯⋯팽율천?'

조휘도 들어 본 이름..

북천현무가라 불리는 하북팽가의 당대 가주이자 절대경의 무인 무극도왕(無極刀王) 팽율천!

창천검협 남궁수 어른과 나란한 명성을 구가하고 있는 칠무좌의 일좌(一座)가 지금 조휘의 눈앞에 현신해 있는 것이다.

"강호의 대선배님이셨군요. 조가대상회의 조휘라고 합니다."

창천검협과 비견되는 강호의 거인, 무극도왕.

남궁수 어른이 고고한 대나무, 광활한 하늘 같은 무인이라면 그는 끊임없이 불길을 토해 내는 활화산 같은 기도를 지닌 무인이었다.

"네가 조휘라는 놈이냐?"

아니 무슨 대뜸 반말을?

조휘가 황망한 얼굴로 대답했다.

"그렇습니다만."

순간 전광석화와 같은 보법을 일으켜 조휘의 멱살을 움켜쥐는 팽율천!

"도대체 내 아들에게 뭔 짓을 한 것이냐!"

"아니 갑자기 그게 무슨 말씀이십니까?"

팽율천이 저 뒤편 멀찌감치 떨어져 축 처진 어깨로 걸어오는 자신의 아들을 손가락으로 가리켰다.

아버지의 시선이 다시금 자신에게 향하자 식겁을 하며 나무 뒤로 숨는 팽각!

"저게 사람 새끼 몰골이냐? 그 장대한 기골을 자랑하던 놈이 왜 저런 꼴로 변해 버렸단 말이냐!"

"아, 아니 어르신. 그건……!"

사실대로 말하려다 굳게 입을 다무는 조휘.

진가희에게 푹 빠져 피가 몽땅 빨렸다고 사실대로 말하기에는 후폭풍이 너무나 무섭다.

돌아가는 분위기상 가문의 수치라며 팽각을 죽도록 패 버릴지도 몰랐다.

팽각도 후환이 두려워 이실직고를 하지 못한 모양!

조휘는 일단 팽율천을 좀 달래기로 했다.

조휘의 눈매가 매처럼 빛났다.

"그는 벽을 넘고 있습니다."

"뭐? 벽(壁)?"

저 몰골이 벽을 돌파하는 것과 무슨 상관관계가?

"저 날카롭게 벼려진 눈빛을 보십시오! 벽을 돌파하려는 강력한 의지의 반증이 아니겠습니까? 육체를 극한의 고통으로 몰아가면 갈수록 정신은 더욱 또렷해지는 법! 그런 극기(克己)야말로 무인의 혼이라 할 수 있지요!"

뭐 틀린 말은 아니다.

다만 날카롭게 벼려진 눈빛이라니?

아무리 다시 살펴봐도 아들의 눈은 썩은 동태눈알 같거늘……

곧 팽율천의 입에서 추상같은 음성이 터져 나왔다.

"어서 이리 오지 못하겠느냐!"

아버지의 호통에 쏜살같이 달려오는 팽각.

팽율천의 부리부리한 호목이 이내 아들을 응시했다.

"곡기를 끊고 극기의 수련을 하고 있단 말이 사실이냐?"

팽각이 놀란 표정으로 조휘를 흘깃 바라보자, 그가 지옥의 야차처럼 얼굴을 일그러뜨린 채 주먹을 꽉 움켜쥐고 있었다.

입을 맞춰 주지 않으면 주, 죽일 것만 같다!

"그, 그렇습니다 아버지. 사내라면 극기 아니겠습니까!"

"흐음……."

그래도 아리송하다는 듯 연신 고개를 갸웃거리고 있는 팽율천.

갑자기 조휘가 팽각의 두 주먹을 잡으며 팽율천에게 들이밀었다.

"이 엄청난 수련의 흔적 좀 보십시오! 도대체 얼마나 무도(武道)에 매진했으면 이런 상처투성이의 손이 될 수 있단 말입니까?"

팽각은 그런 조휘를 어처구니없다는 눈으로 쳐다보고 있었다.

싯팔 이건 매일매일 땅을 파고 암반을 부수다가 생긴 상처들인데!

"호오……?"

상처투성이가 되어 있는 아들의 두 주먹을 보자 그제야 호기심으로 물드는 팽율천의 얼굴.

"그나저나 선배님께서는 저희 이 총관님을 어떻게 알고 데려오신 겁니까?"

그런 조휘의 질문에 이여송 총관이 직접 대답했다.

"흑천련의 마수에 의해 위기에 빠져 있던 저를 대협께서 구해 주셨습니다."

수개월째 가문에 복귀하지 않는 아들놈을 잡기 위해 직접 강서성을 찾아 나선 팽율천.

그가 포양호에 도착했을 때는 막 흑천련의 고수들이 조가 대상회를 공격하고 있었다.

"꽤 심한 부상을 입고 있었다. 지금은 많이 호전되었지."

"내장이 삐져나올 정도의 자상(刺傷)이었습니다. 대협께서 의원을 불러 치료해 주시지 않았더라면 저는 아마 목숨을 잃었을 겁니다."

조휘가 정중한 예법으로 팽율천을 향해 포권했다.

"저희 이 총관을 구해 주신 점 진심으로 감사드립니다."

"흠……."

그제야 한결 마음이 진정되는 팽율천.

뭔가 뺀질뺀질한 느낌은 있었으나 또 정중하게 예법을 다하는 것을 보니 꽤 괜찮은 강호의 후배 같아 보이기도 하다.

팽율천은 묘하게 아리송한 기분이 들었다.

"내 아들 놈과는 무슨 관계냐?"

조휘가 갑자기 턱 하고 팽각에게 어깨동무를 시전했다.

"친구죠 친구. 죽마고우처럼 지내고 있습니다."

팽각은 어깨로부터 소름이 일어났지만 어쨌든 이 위기를 모면하려면 조휘가 필요했다.

"마, 맞습니다 아버지! 좋은 친구를 사귀었습니다!"

한데 팽율천은 눈살을 찌푸리며 이해가 안 된다는 얼굴을 하고 있었다.

팽율천이 조휘의 철검을 힐끗 쳐다보며 다시 입을 열었다.

"네 녀석이 검수(劍手)와 친우를 맺었다고?"

도부(刀夫)로서의 자부심이 하늘을 찌르는 녀석이다.

검을 찬 놈이라면 사내로 취급도 안 하던 아들놈이 갑자기 다른 사람이라도 된 건가?

"도(刀)와 검(劍)이 비록 지향하는 길이 다르다고 하나, 결국 모두 하나로 귀일되는 만류귀종의 무도(武道)가 아니겠습니까?"

싱긋.

아들과 어깨동무를 한 채로 한껏 웃고 있는 저놈은 어딘가 모르게 계속 소름이 돋는다.

"남궁 가주께서는 어디에 계시나?"

갑자기 팽율천이 남궁수 어른을 언급하니 또다시 두통이 도진 듯 머리를 매만지는 조휘.

아니 일처리가 모두 끝났으면 합비로 되돌아갈 것이지 남궁수 어른은 도무지 돌아갈 기미를 보이지 않았다.

뭐 어디 한적한 후원에서 시간이나 보내고 있다면 상관하지 않겠지만 괜히 이곳저곳 쏘다니며 사사건건.

-이건 정도(正道)의 방식이 아닐세.

-이 물건은 너무 비싸게 파는 거 아닌가?

-사천의 철광석을 너무 많이 매입해 주는 것 같네. 자네가

남궁의 봉공을 자처한다면 안휘의 철광석을 좀 더 사 주는 것이 바람직하지 않겠나?

-흑천련의 잔당들이 아무리 자네에게 굴복했다 해도 그들의 본질은 사파네. 그들에게 너무 많은 권한을 주는 건 위험하이.

쉴 새 없이 이어지는 남궁수 어른의 잔소리 때문에 이제는 잠을 청할 때 환청마저 들려올 지경.

아니 그렇게 자기 멋대로 하고 싶으면 본인이 상단을 차리면 될 거 아닌가?

애써 확보한 포양호 변 땅을 피눈물을 흘리며 떼어 준 마당이거늘 본인 사업이나 잘할 것이지!

그렇게 스멀스멀 치밀어 오르는 울화통에 가슴을 쥐어뜯고 싶은 심정의 조휘였다.

"……글쎄요. 어딘가에 계시겠지요."

조휘가 씁쓸한 얼굴로 먼 산을 쳐다볼 때, 호랑이도 제 말 하면 온다더니 창천검협 남궁수가 나타났다.

"껄껄! 어쩐지 벽력신공(霹靂神功)의 기운이 후원까지 느껴지더라니 과연 율천 자네로군!"

"호오, 그새 신수가 훤해졌군그래!"

소싯적부터 함께 구주팔황을 누볐던 친우를 만나자 한껏 해후(邂逅)를 나누는 남궁수와 팽율천.

그렇게 두 어른이 어울리는 광경을 한 차례 살피던 조휘가 슬그머니 이 총관의 옷깃을 잡아당겼다.

"……가시죠."

조휘의 쥐 죽은 듯한 목소리에 이 총관도 눈치를 살피며 고개를 끄덕였다.

"예."

천천히 게걸음으로 빠져나가는 조휘와 이 총관.

그러자 팽각도 슬슬 눈치를 살피더니 조휘와 함께 장내를 빠져나가기 시작했다.

"조 봉공, 갑자기 어딜 가는 겐가?"

저 양반이 또 눈치 없이!

아, 정말 때리고 싶다.

조휘가 남궁수를 향해 예의 포권했다.

"두 분의 해후에 방해가 될까 봐……."

"허허, 일 없네."

푸근하게 웃어 보이는 남궁수에게로 팽율천의 궁금증이 재차 날아들었다.

"도대체 이 강서에 무슨 일이 벌어지고 있는 건가? 갑자기 남궁세가가 천룡전위대와 함께 흑천련을 치다니? 정말 그놈들이 세력을 잃었단 말인가?"

남궁세가의 전 병력이라고 해 봐야 오륙백 남짓. 천룡전위대가 힘을 보탰다고 해도 일천(一千)의 병력도 되지 않는다.

삼패천의 일천답게 흑천련은 결코 무시할 수 없는 집단이었다.

총단과 대곳간, 도합 일만(一萬)에 가까운 대병력을 지닌 흑천련!

더구나 절대경의 흑천대살, 강서 사파를 대표하는 여덟 왕 흑천팔왕, 거기에 최소 초절정의 경지를 지닌 삼백여 천살들까지…….

왜 그들이 문(門)이 아니고 련(聯)이겠는가?

일개 문파와는 비교조차 되지 않는 강대한 힘을 구축하고 있는 하나의 세력이기 때문이다.

아무리 생각해도 일개 가문에 불과한 남궁세가로서는 도저히 승산이 없는 싸움!

하지만 들려오는 소문들은 하나같이 흑천련의 패망을 기정사실화하고 있었다.

남궁수가 쓴웃음을 머금고 있었다.

"허허…… 그래. 자네의 그런 생각이 무리는 아니겠지."

사실 두 눈으로 직접 보기 전까진 자신도 믿지 못했다.

팽율천이 다시 의문을 보태고 있었다.

"너무 엄청난 소문이라 내 직접 흑천련의 총단을 살펴보았네. 한데 도대체가……."

그의 얼굴에 지독한 의문이 서려 있었다.

"이런 질문을 한다는 게 한심하게 들릴 거라는 걸 나 역시 모르지 않네. 정말 만에 하나, 혹시나 해서 묻는 걸세. 그 거대한 장방형 구덩이…… 혹 무공의 흔적인가?"

흑천련 총단의 그 깊고 깊은 무저갱은 도저히 인간의 손길로 만든 구덩이가 아니었다.

일꾼들의 손길이 닿았다면 곡괭이나 삽과 같은 도구의 흔적이 있어야 하는데 그런 흔적이 일절 존재하지 않았다.

너무나도 깨끗한 단면.

그것은 강기(罡氣) 외에는 달리 설명할 길이 없었다.

한데 그건 그것대로 말이 안 되는 것이, 도대체 어떻게 인간의 무공이 그런 엄청난 흔적을 남길 수 있단 말인가?

"그건…… 나도 말로만 전해 들었을 뿐 직접 보지 못해 뭐라 말을 못 하겠군."

이건 또 무슨 소리란 말인가?

남궁세가가 천룡전위대와 힘을 합쳐 흑천련을 무너뜨렸다는 것은 이미 전 강호에 퍼진 소문이었다.

흑천련 총단의 그 흔적을 남궁세가의 가주가 모른다면 대체 누가 알고 있단 말인가?

그때, 남궁수의 깊은 두 눈이 조휘를 향했다.

"사람 우스운 꼴 그만 만들고 이제 그 의념의 장막을 풀어 주게, 조 봉공."

팽율천의 두 눈이 휘둥그레 떠졌다.

조가대상회의 회장이라는 자가 무슨 소검신(小劍神)이라

불리며 대단한 무공을 지녔다는 소문을 듣긴 했었다.

한데 소문 속의 그의 신위가 워낙 터무니가 없었다.

무슨 검을 타고 다니니, 일 검에 산을 부수니 하는 소문.

도대체가 그게 말이 되는가?

그런데 의념의 장막이라니?

설마 저 새파랗게 젊은 놈이 의념의 장막을 몸에 둘러 무공을 숨기고 있었단 말인가?

그 말인즉 그의 경지가 절대경이란 뜻.

"그 일검흔(一劍痕)은 저 청년에게 물어보게."

"그게 갑자기 무슨 소린가?"

남궁수가 흐뭇하게 웃었다.

"자네가 궁금해하는 그 일검흔을 남긴 장본인이 눈앞에 있지 않은가?"

"뭐, 뭐라고?"

경악으로 굳어져 버린 팽율천.

이백여 장 넓이의 거대한 장방형 구덩이가 정말로 인간이 펼친 무공의 흔적이라고?

게다가 그 흔적을 남긴 당사자가 눈앞의 이 젊은 청년이다?

"자네…… 실성을 한 겐가……?"

아무리 생각해도 말이 되지 않았다.

자연경을 직접 겪어 보진 못했지만 무림의 전설 삼신(三神)이 무덤에서 살아 돌아온다고 해도 결코 그런 위용은 가능할 것 같지가 않았다.

자신이 실성한 노인네 취급당하자 남궁수가 다시금 조휘를 지그시 응시했다.

"허허, 더 이상 실없는 노인네가 되긴 싫으이."

조휘는 조금은 지친 얼굴로 후 하고 한숨을 내쉬고 있었다.

하는 수 없이 그는 의념으로 펼쳐 두었던 장막을 서서히 해제하기 시작했다.

점점 벌어지는 팽율천의 입.

도저히 상상도 해 보지 못한 거대한 무혼이 조휘의 전신으로부터 흘러나오고 있었다.

대해(大海)와 같은 무혼!

그저 그의 앞에 서 있는 것만으로도 질식할 것만 같은 압박감이 느껴진다.

한 발자국이라도 옮기는 순간, 저 광대무변한 기운이 순식간에 자신을 덮쳐 올 것만 같았다.

땀으로 흥건해진 전신.

팽율천은 전력을 다해 의념으로 맞서고 있었지만 도저히 제대로 정신을 가눌 수 없을 지경이었다.

그야말로 무황(武皇)이나 자하검성(紫霞劍聖)을 마주하고 있는 듯한 착각마저 느껴진다.

그때, 창천검협 남궁수가 새하얗게 질린 얼굴로 조휘를 쳐다봤다.

"이제 됐네 조 봉공! 그만, 그만하시게!"

팽율천만큼이나 놀라고 있는 남궁수.

물론 무극에 이른 조휘의 무위를 지켜봤으니 어느 정도 짐작은 하고 있었다.

하지만 그의 진실된 무혼을 가감 없이 접하고 나니 그야말로 상상 이상이었다.

조휘가 왜 의념의 장막으로 자신의 무혼을 숨기고 지낼 수밖에 없는지 단숨에 이해가 될 지경.

조휘가 다시 의념의 장막으로 자신의 무혼을 감추자 팽율천이 희게 변한 얼굴로 겨우 가슴을 쓸어내렸다.

정말이지 하마터면 패왕도(覇王刀)를 뽑아 맞설 뻔했다.

"……허어."

이 새파랗게 젊은 놈의 경지가 무황, 자하검성과 비등하다니!

어떻게 이런 놈이 갑자기 강호에 뚝 떨어진 거지?

가만, 그러고 보니 남궁수가 이놈을 부르는 호칭이…….

"봉공? 이 청년이 남궁의 봉공이란 말인가?"

세가의 봉공(奉公)이라 함은 대원로에 준하는 위계.

무엇보다 빈객(賓客)과는 달리 확실히 세가에 종속되는 의미라는 것이 팽율천의 입장에서는 더욱 찝찝한 일이었다.

"그렇다네."

흐뭇하게 웃고 있는 것이 마치 제 아들을 보는 듯한 남궁수의 표정.

팽율천의 미간이 가득 구겨졌다.

"딸을 시집보냈다는 말은 없었지 않았나?"

보통 대가문의 봉공은 세가의 혈족과 혼인을 맺어야 가능한 자리였다. 한데 팽율천은 남궁세가로 하여금 그 어떤 혼사의 소식도 전해 듣지 못했다.

흐뭇한 남궁수의 얼굴에 더욱 미소가 진해졌다.

"가법(家法)을 바꾸었네."

"뭐라고?"

아니, 봉공 하나 받으려고 세가의 가법까지 바꿨다고?

하지만 조휘의 무위를 직접 보니 그럴 만도 하다.

문득 짜증이 치미는 팽율천.

그렇지 않아도 남궁세가는 오대세가의 수좌니 뭐니 기세등등한 판국이었는데 저만한 고수를 새로 영입했으니 앞으로 얼마나 더 어깨를 으쓱거리겠는가.

"운도 좋군그래."

남궁수가 수염을 쓰다듬으며 껄껄 웃었다.

"껄껄! 맞네. 우리 남궁에 그야말로 천운이 닿은 게지. 다 우리 선조님들의 공덕이라 믿고 있네. 검가(劍家)로서 검신(劍神)의 후인을 맞이하는 것이 어디 보통의 일인가?"

"뭐, 뭐라고! 검신?"

팽율천은 앞서 조휘의 무혼을 경험했을 때보다 오히려 더 놀라는 기색이었다.

"그렇다네. 우리 조 봉공은 검신의 검공을 이은 후인일세."

"……."

충격으로 굳어져 버린 팽율천.

문득 조휘의 옆에 서 있는 깡마른 아들이 왜 이렇게 초라해 보이는지…….

짜증이 치민 팽율천이 확 하고 고개를 돌리며 발걸음을 옮겼다.

"갑자기 어디를 가는 겐가?"

"하북(河北)!"

갑자기 아버지가 가문으로 돌아간다고 하자 팽각이 다급해졌다.

아버지의 노기(怒氣)를 정면으로 맞이하기가 두려웠던 것이지 사실 그도 가문으로 돌아가고 싶었다.

팽각에게 조가대상회는 이미 지옥!

"아, 아버지!"

팽율천이 팽각을 힐끗 쳐다봤다.

"뭐냐?"

뒷머리를 긁적이는 팽각.

"헤헤, 저도 가문에 복귀하겠습니다."

순간 팽율천의 두 눈에서 불같은 광망이 흘러나왔다.

"극기(克己)의 고련을 다짐한 놈이 갑자기 다 포기하고 가문으로 복귀하겠다고?"

"아, 아니 아버지. 수련은 가문으로 복귀해도 할 수 있는 일입니다."

흘깃 조휘의 눈치를 살피던 팽각이 눈으로 말을 했다.

제발 데려가 주세요. 아버지!

"갈(喝)!"

마치 도를 빼어 들 기세의 팽율천.

"팽가가 어디 제멋대로 오가는 객잔인 줄 아느냐? 네놈 말대로 벽을 넘기 전까지는 가문에 얼씬거릴 생각조차 하지 말거라! 가문과 상의도 없이 제멋대로 출도(出道)한 놈이 어디서!"

하지만 팽율천의 진심은 따로 있었다.

-곧 천하를 위진할 놈이다! 이왕지사 맺은 인연 의형제까지 쭉 가란 말이다!

벽력처럼 팽각의 귓가에 울려 퍼지는 아버지의 전음성!

아아, 아버지.

제가 지금 어찌 사는지를 아시면…….

그때 조휘가 다가와 다시 팽각의 어깨에 팔을 걸쳤다.

"친구가 식음을 전폐하고 경지의 벽을 넘는다는데 제가 어찌 가만히 있을 수 있겠습니까? 최선을 다해 도울 예정이니 심려치 마시고 돌아가시지요."

헐!

이거 다 연기입니다 아버지!

이 새끼 순 악마 새끼예요!

저도 데려가십시오! 제발……!

"흠, 자네가 그렇게까지 신경 써 준다니 제법 안심이 되는군. 잘 알겠네."

"살펴 가십시오!"

조휘의 정중한 포권지례에 팽율천이 묵묵히 고개를 끄덕이다 다시 멀어져 갔다.

'이렇게 학부모 한 명 또 보냈고.'

그렇게 조휘가 의미심장하게 웃다 매섭게 팽각을 쳐다보았다.

"계약 기간도 끝나지 않았는데 가문으로 복귀하시겠다?"

"그, 그게 뭐, 뭐!"

조휘가 냉정한 얼굴로 홱 돌아섰다.

"일일 생산량 일천 근 증산!"

팽각이 창백하게 굳어졌다.

"아, 아니 미친! 지금도 죽을 지경인데 그게 말이 돼?"

그러거나 말거나 조휘는 이미 저만치 멀어지고 있었다.

남궁수도 팽각의 어깨를 다독이다 조휘를 따라나섰다.

"고생하시게."

홀로 남게 된 팽각이 하늘을 바라보며 거칠게 고함쳤다.

"으아아아아!"

38章.

조휘가 어둑해진 밤을 헤치며 침소에 도착했을 때, 그의 머릿속에서 마신의 목소리가 들려왔다.

-얘기 좀 하자꾸나.

마신의 이야기는 자신도 기다렸던 마당. 조휘가 침상 위에 가부좌를 튼 채로 대답했다.

"말씀하십시오."

조휘가 대화에 응하자 한껏 상기된 마신의 음성이 이어졌다.

-그 검신(劍神)이란 자의 무공을 보다 자세히 보고 싶다.

사실 마신은 흑천련의 총단을 공격할 때 조휘가 선보인 검공, 천하공공도(天下空空道) 때문에 큰 충격을 받은 상태였다.

43

검신 어른의 천검류는 크게 네 가지로 구분된다.

천공의 별빛, 성하력(星河力)으로 구성된 전 삼 초식.

공간을 집어삼키는 공공력(空空力)으로 구성된 후 이 초식.

천하절대검벽으로 대표되는 두 초식의 방어 검초.

거기에 조휘의 현대적인 지식과 검신 어른의 경험이 결합되어 탄생된 궁극의 집단제어기 천하절대검령.

조휘는 이와 같은 천검류를 의념을 일으켜 천천히 펼쳐 보이고 있었다.

물론 검식의 묘리만 느낄 수 있게끔 그 위력을 수백분의 일로 축소하여 간단하게 시연하고 있었다.

환상처럼 흩날리는 별빛 무리들.

순식간에 공간을 압착하는 점.

모든 것을 막아 낼 것만 같은 검벽.

천하를 지배하는 검령(劒靈)의 향연.

그렇게, 조휘의 검초를 모두 살핀 마신이 무거운 신음을 흘렸다.

-으음……;

무림 최초의 신, 마신.

그는 검신의 시대로부터 수백 년을 앞서 살아간 인물이었다.

그런 그로서는 또 다른 신의 무공을 처음으로 접하는 것이다.

-이제야 확신이 생기는구나. 검신이라는 후배의 검(劒)은 틀림없는 '그'의 흔적이다.

조휘는 마신이 말하는 '그'가 누구인지 단숨에 알아들을 수 있었다.

'천마삼검의 무리(武理)가 새겨진 석판을 보았을 때 저도 바로 깨달을 수 있었습니다.'

-네 천마삼검(天魔三劍)은 평생토록 석판을 연구한 본 좌의 그것보다 훨씬 완벽에 가까웠다. 그건 이제 막 약관을 벗어난 무인의 경험으로는 결코 가능한 일이 아니지.

그런 현상은 조휘가 이미 한 번 검총에서 겪은 일이었다.

검신 어른이 검총의 벽면을 연구하며 칠 년 면벽 끝에 깨달은 성광(星光)을, 자신은 보자마자 느낄 수 있었던 것.

-그래서 네 기억을 살펴보니 너는 이 중원의 사람이 아니더구나. 때문에 묻는다. 혹시 너는 '그'와……

조휘가 단번에 대답했다.

"예, 맞습니다. 저는 천마삼검의 석판을 남긴 사람의 세상에서 왔습니다."

-그래, 그렇겠지. 그런 대단한 이유가 아니고서야 어떻게 해도 설명될 수 없는 일이었다.

마신으로서는 석판에 새겨진 검의 흔적 외에는 아무것도 알 수가 없었다.

평생토록 연구했지만 검혼을 설명하고 있는 문자들은 도저히 근원을 밝힐 수 없었고 기이한 형태의 도식들도 마찬가지였다.

-*그도 네 녀석도 환생(還生)의 겁(劫)을 경험한 모양이구나.*

하지만 조휘는 그런 마신의 말을 단숨에 부정했다.

"아니요. 그는 환생자가 아닙니다."

-*그게 무슨 소리냐? 허면 그가 어떻게 이 머나먼 과거로 올 수 있었단 말이냐?*

한껏 진지해진 조휘의 음성.

"그자는 시간을 거스르는 능력이 있는 것 같습니다."

-*시간을 거슬러?*

"천마삼검의 석판이 만들어진 시기가 검신 어른의 검총보다 훨씬 후대이기 때문입니다."

-*뭐라……?*

조휘의 말은 도저히 말의 앞뒤가 맞지 않았다.

검신은 마신보다 후대의 인물.

한데 어떻게 석판이 검총의 후대에 만들어질 수 있단 말인가?

조휘의 주장대로 이 사실이 성립되려면 '그'가 시간을 거스르는 능력을 지니고 있어야만 가능한 일이었다.

-*아무리 무공의 경지가 신(神)에 이르렀다고 한들 그것은 한낱 인간의 능력으로는 결코 가능한 일이 아니다!*

물론 마신의 주장은 조휘도 충분히 동의하는 바였다.

인간이 어떻게 시간을 거스를 수 있단 말인가. 그런 것이 가능하다면 차라리 신이라 불려야 마땅했다.

하지만 분명 자신이 두 눈으로 똑똑히 본 것이 있지 않은가?

"천마삼검은 그가 검총에서 정립한 무공을 한 차원 더 높은 경지로 발전시킨 무공이었습니다. 더욱이……."

이어진 조휘의 음성은 마신을 더욱 놀라게 만들었다.

"천마삼검의 석판은…… 언제고 검총을 겪은 사람이 보게 될 것이라는 것을 미리 알고 만든 것처럼 느껴졌습니다."

한껏 상기된 마신의 음성.

-그게 사실이냐?

"네. 석판에 분명 그렇게 써져 있었으니까요."

-무슨 말이 써져 있었단 말이냐?

조휘의 두 눈이 한없이 침잠했다.

"신좌(神座)로 오라."

-신좌? 그 석판에 신좌라는 단어가 적혀 있었다는 말이냐?

묵묵하게 고개를 끄덕이는 조휘.

"네. 저더러 신좌로 오라던데요."

마신은 극도로 놀라는 눈치였다.

-신좌(神座)가 '그'였다니…….

어렴풋이 추측만 해 보던 가정이 조휘를 통해 그 실체가 드러났기 때문이다.

과거 소림사에서 만났던 신좌의 추종자, 금천종(金天宗).

최초의 신, 마신이라 불리며 천마라는 이름으로 강호에 군림했던 자신을 단 십 초 만에 패퇴시킨 신비인.

그자는 자신을 죽여 없애는 선택을 하지 않았다.

대신 약아빠지게도 자신의 혼세천옥에 업(業)과 겁(劫)이 쌓이는 것을 막기 위해 생령봉인술(生靈封印術)이라는 희대의 술법을 일으켜 자신을 죽지도 살지도 못하는 몸으로 만들어 버린 것이다.

자신이 멀쩡한 몸으로 마신공을 일으킨 채 봉인되어 버렸던 이유가 바로 그 때문이었다.

그 순간 갑자기 마신이 뭔가를 깨달은 듯 깊은 신음성을 흘렸다.

─음…… 그렇군. 분명 생령봉인술은 시간을 다루는 봉인술법. 그런 희대의 술법을 구사하는 자라면 시간을 거스르는 것도 불가능한 일만은 아닐 테지.

"생령봉인술요? 그게 뭡니까?"

조휘의 질문에 마신은 자신이 만났던 신좌의 추종자, '금천종(金天宗)'이라는 자에 대해 짤막하게 설명을 해 주었다.

"하…… 시간을 멈추게 하는 술법이라고요? 그게 제 의천혈옥과 만나면서 깨졌고?"

─그렇다. 그렇게 생령봉인술이 깨어지자마자 인과율에 의해 내 생명이 마침내 끝난 것이다.

아니 무슨 신좌도 아니고 그 수하라는 자의 능력이 그토록 대단하다고?

그렇다면 도대체 신좌라는 놈은 얼마나 강하다는 건지?

-하지만 네 말에도 오류가 있군. 본래부터 그…… 아니 신좌의 유물들이 중원의 여러 곳에 존재했고, 단지 본 좌와 검신이라는 후배가 발견한 시대가 달랐다면 '그'가 시간을 거스르는 존재라는 논리는 깨어지지 않느냐?

조휘가 묵묵히 고개를 끄덕인다.

사실 조휘도 마신의 석판을 처음 봤을 때 그와 같은 생각을 해 보지 않은 것은 아니었다.

하지만 검신과 마신의 무공을 통합하고 재구성하는 과정에서 조휘는 생각이 달라졌다.

"……보십시오."

조휘가 철검을 치켜세우며 의념을 집중시키자 허공에 자그마한 점이 생겨났다.

하지만 그것은 천하공공도(天下空空道)의 공간압착과는 의념의 결이 달랐다.

-이것은……?

지금 조휘가 펼치고 있는 의념공.

천하공공도와는 차원이 다른 이질감이 덧씌워져 있었다.

마신은 이 이질적인 현상, 이 느낌을 표현할 재주가 없을 뿐, 지금 조휘가 펼치고 있는 의념공을 처음 보는 것은 아니었다.

-이건 네놈이 전에 펼쳤던 천마멸겁무(天魔滅劫舞)가 아니더냐?

뭔가 대자연의 법칙을 훼손하고 있는 듯한 소름 돋는 이 느낌.

당시에도 마신이 소스라치게 놀랐던 점은 바로 이런 느낌 때문이었다.

"느껴지십니까?"

-뭐가 말이냐?

"공간만이 왜곡되고 있는 것 같겠지만, 아닙니다. 파장을 자세히 느껴 보십시오. 천하공공도와는 확실히 다를 겁니다."

조휘는 천마멸겁무의 진의(眞意)를 마신이 느낄 수 있도록 몇 번이고 천천히 시전해 보이고 있었다.

-설마!

조휘가 천천히 고개를 끄덕이며 천마멸겁무의 무리가 담긴 점(點)을 침소의 구석에 있는 화분에 가져다 댔다.

그러자 점에 빨려 들어가기도 전에 급속도로 시들어 버리는 난초!

천하공공도가 공간을 왜곡하고 압착하는 묘리라면 천마멸 겁무는…….

"네, 그 설마가 맞습니다. 천마멸겁무의 '멸겁(滅劫)'은 공간과 시간을 동시에 왜곡하는 묘리를 담고 있습니다."

큰 충격을 받은 듯 말을 잇지 못하고 있는 마신.

천마삼검의 석판은 자신의 일평생, 그 모든 고련의 총아였다.

하지만 그 천마삼검의 첫 번째 초식에 시간의 왜곡이라는 기상천외한 무리가 담겨 있을 것이라고는 상상치도 못했다.

"천마멸겁무에 닿은 모든 물질은 흔적조차 남기지 못합니다. 시간이 빠르게 흘러가 모두 부패되거나 풍화되어 버리거든요. 거기에 공간압착의 묘리가 더해지니 흔적이 남을 수가 없습니다."

-사, 사술이다! 그런 건 사람의 무공이 아니다!

조휘가 천연덕스럽게 웃으며 고개를 끄덕였다.

"예. 저도 그렇게 생각합니다. 이런 의념공이 인간의 무공일 리가 없죠. 자, 여기서 질문 하나 드리겠습니다."

-무슨……?

"현재 저의 무위는 선배님의 전성기와 비교하면 어떻습니까?"

한동안 침묵하던 마신이 고민 끝에 입을 열었다.

-비록 네 무위가 절대경의 후반이라 할 수 있는 무극(無極)에 이르렀다 하나, 천지교태(天地交泰)를 이룩하고 자연의 섭리를 깨우친 자연지경(自然之境)에 비할 수는 없다.

조휘가 인정한다는 듯 슬며시 미소지었다.

"분명 맞는 말씀입니다. 제가 자연경의 위력을 똑똑히 보았거든요. 그런데…… 검신 어른과 선배님에게는 공통점이 있습니다."

-공통점?

"네. '자연경'이란 자연의 법칙과 섭리를 깨우친 경지라 생각되거든요. 그런데 저는 아무리 무공이 강해져도 '자연경'에는 이르지 못할 것 같습니다."

-그게 무슨 말이냐?

약관을 막 벗어난 나이에 절대의 무극에 이른 놈이었다.

길고긴 무림사를 눈 씻고 뒤져 봐도 같은 예를 찾아보기 힘들 지경.

어쩌면 불혹도 전에 자연경을 이뤄 무림의 역사를 다시 쓸 수도 있는 놈이었다.

"중원의 무학, 그 모든 뿌리는 불가와 도문입니다. 무욕(無慾)과 무위(無爲), 즉 모든 면에서 위대한 자연, 그 법칙에 순응하는 심상을 그리고 있지요. 이곳 중원인들 특유의 의식 체계라 할까요?"

위대한 자연의 법칙을 거스르지 않고 순응하는 무위자연(無爲自然), 안빈낙도(安貧樂道)의 삶은 무공을 연마하는 구도자라면 누구나 꿈꾸는 이상.

그것을 '중원인 특유의 의식 체계'라 말할 수 있는 사람은 천하에 조휘밖에 없을 것이다.

"사실 자연경의 경지를 이룬 무인은 삼신(三神)이 유일하잖아요? 두 분 모두 '신좌'의 유산을 이었고요. 논리적으로 유추해 보면 무신 역시 신좌의 유산을 이었을 공산이 큽니다."

이어진 조휘의 음성은 마신에게 큰 충격을 주기에 충분했다.

"삼신은 신좌의 유산을 통해 자연경, 즉 자연의 법칙을 깨달았습니다. 어쩔 수 없는 중원인이기 때문이죠. 과학(科學)을 모르니까요. 하지만 저는 다릅니다."

-무엇이 다르단 말이냐?

조휘가 쓰게 웃으며 말을 이어 갔다.

"우리 세계에서 무욕과 무위는 '자연도태(自然淘汰)'나 '무능력(無能力)'과 동의어입니다. 자연을 극복하고 정복하는 것, 하늘의 달을 탐사하고 머나먼 우주마저 연구하고 도달하는 것, 그것이 현대인의 관념이요 의식 체계입니다."

-다, 달을 탐사한다? 우주에 도달한다고?

"그래서…… 오직 저만이 신좌가 남긴 유산을 올곧게 직시하고 이해할 수 있는 것 같습니다. 분명 그의 유산에는 자연을 이해하고 법칙을 깨우치는 순응(順應)의 무리가 아닌, 자연을 지배하고 법칙을 깨부수는 초월적인, 탐욕적인 의지가 담겨 있음을 읽을 수 있어요. 그래서 ……."

확신에 찬 조휘의 얼굴.

"제 무공이 극에 이르면 아마도 '자연경'이라는 이름으로는 불리지 않을 것 같습니다."

마신은 그런 선언적인 조휘의 말에 전율을 느끼고 있었다.

세상 만물의 법칙을 왜곡하고 지배하며 정복하는 자!

그것이 신좌라는 자의 진정한 유산이며, 오직 같은 현대인인 자신만이 올곧게 이을 수 있다는 강력한 자신감의 피력이었다.

그것은 오랜 세월 신좌의 유산을 연구해 온 마신에게 있어서 너무나도 커다란 충격이었다.

"절대경의 무극에 이른 제 의념공으로도 이런 시간 왜곡이 가능합니다. 한데 신좌라 불리는 '그'라면요?"

마신이 침묵하자 조휘가 다시 웃으며 입을 열었다.

"검으로 시공간을 찢어발기고 다른 차원으로 가는 놈이라고 해도 저는 믿을 수 있을 것 같습니다. 진정한 의미의 신(神)이라고나 할까요."

그리고 가장 결정적인 조휘의 말.

"한데 제가 깨달은 천마삼검은 결코 함부로 쓰지는 못할 것 같습니다. 뭐랄까? 영혼, 영력…… 뭐라고 불러야 할지는 모르겠지만 아무튼 인간의 육체가 품고 있는 힘이 아닌 영적인 능력, 그 총량이 조금 줄어 버린 느낌이 들거든요."

그런 조휘의 말을 듣자마자 마신이 기겁을 했다.

-네 녀석이 벌써 인과(因果)의 제약을 받기 시작했다고?

아직 자연경에 이르지도 못한 놈이 벌써 인과의 제약을 받기 시작했다니!

그 말인즉 선주일계가 조휘를 주시하고 있다는 뜻이다.

"인과의 제약? 그게 뭡니까?"

-인세(人世)에 허락된 기준 이상의 능력을 발휘하는 인간이 나타나면 선주일계는 혼주(魂珠)를 씌워 관리한다! 가만? 어?

마신이 존자의 영안(靈眼)으로 끊임없이 조휘의 주변을 살펴보았지만 이상하게도 혼주는 없었다.

-아니, 혼주가 덧씌워지지 않았는데도 영력을 잃는다고?

마신으로서는 도무지 이해가 되지 않는 현상.

잠시 생각하던 마신이 순간 뭔가 깨닫는 바가 있어 경악성을 외쳤다.

-존자! 네놈의 영격은 이미 존자에 이른 상태! 그래서 선주일계는 네놈을 파악할 수가 없구나! 그들에게 너는 이미 인간이 아닐 테니 말이다! 하하하!

"존자(尊者)⋯⋯?"

의천혈옥 속의 선조님들도 처음에 자신을 대할 때 존자에 이른 영격을 지녔다며 놀라셨다.

선계의 신선들조차 자신을 주시할 수 없게 만드는 영혼의 격.

그 존자라는 것이 그토록 대단한 것이었단 말인가?

-당연하다! 그들도 존자의 영역에 이른 자들. 자신들과 동격의 영혼을 지닌 자를 평범한 '사람'이라 생각할 수 없는 게지. 그렇다면 정말 이상하구나. 네 영력의 소모를 설명할 길이 없다.

조휘로서는 소름이 돋는 말이었다.

그럼 천마삼검을 펼칠 때마다 영력이 감소되는 듯한 이 기묘한 현상을 뭐라고 설명해야 하나?

-그 이유를 파악할 때까지 당분간 네 녀석의 천마삼검은

봉인하는 것이 좋겠구나. 영력의 소모는 결코 간단히 생각할 문제가 아니다.

"그렇게 하겠습니다."

그때, 다른 존자의 목소리가 들려왔다. 그는 일전에 조휘에게 조화회생술의 비술을 가르쳐 준 천우자였다.

-존자에 이른 영격이라면 필시 영체로도 존재할 수 있을 터인데 왜 네놈은 선조들을 구할 생각도 하지 않는 것이냐?

영체(靈體)?

조휘가 비명을 지르듯이 질문한다.

"설마! 제가 그곳으로 가 선조님들을 뵐 수 있단 말입니까?"

-당연하다. 약간의 영력 소모를 각오해야 하지만 네놈의 기억을 보니 이자들을 꽤 각별하게 생각하는 듯한데.

하지만 선조님들은 알 수 없는 술법에 의해 봉인이 되어 있다고 하지 않았나?

조휘는 술법에 대해서는 문외한이나 마찬가지였다.

술법을 해제할 수 있는 술식을 모르는 이상 의천혈옥의 영계로 들어 가 봤자 애꿎은 영력만 낭비하는 꼴.

그런 조휘에게로 다시 천우자의 음성이 날아들었다.

-본 도도 네놈의 검(劒)을 보기 전까지는 그렇게 생각했지. 네놈이 익히고 있는 천마삼검이 얼마나 대단한지 아직 스스로 자각하지 못하고 있는 게로구나.

"예? 그게 무슨? 갑자기 천마삼검이라뇨?"

-아무리 강력한 법술이라 해도 시공간마저 왜곡하는 힘에 파괴되지 않을 리가 없지 않느냐? 게다가 이 영계에서는 아무런 인과의 제약도 없는 마당.

"인과의 제약이 없는 공간!"

희열이 번지고 있는 조휘의 얼굴.

"어떻게? 혈옥 속으로 가려면 어떻게 해야 합니까?"

-네놈에게는 혈옥과의 끈이 없어 독자적인 힘만으로는 힘들다. 본 도가 도와주지. 한데, 네놈의 육체가 가사상태가 될 텐데 상관없느냐? 호법이라도 세워 둬야 할 텐데.

아직 시간은 유시(酉時).

아침까지 여섯 시진이나 남았다.

"괜찮습니다. 어서 그곳으로 보내 주십시오."

-급급여율령.

그렇게 천우자의 주문이 반각 정도 이어지자 조휘의 정신이 아득해지며 마침내 시야가 암전되었다.

힘겹게 정신을 차린 조휘의 시야에 들어온 것은 그야말로 무량한 공허(호虛)와 같은 세계였다.

그 어떤 지형도 없이 끝 모를 지평선만 무한이 이어져 있는 세상.

그저 바라보고 있는 것만으로도 미쳐 버릴 것만 같은 기분이다.

이건 모 만화에서 봤던 '시간과 정신의 방'과 거의 흡사하지 않은가?

"크으윽……."

약간의 영력 소모는 개뿔.

머릿속을 쥐어짜는 듯 아파 오는 것이 필시 영력의 급격한 소모로 인한 후유증일 터.

천마멸겁무를 펼쳐 소모되는 영력의 최소 수십 배에 달하는 탈력감이었다.

'어르신……!'

검신 어른께서 자신의 몸에 빙의할 때면 그 후유증 때문에 한참이나 목소리가 들려오지 않았던 이유를 이제야 조휘는 조금 알 것 같았다.

그만큼 영력의 급격한 소모로 인해 정신에 전해져 오는 타격감과 고통은 실제로 경험해 보니 실로 장난이 아니었다.

"허허!"

갑작스럽게 들려온 마신의 너털웃음 소리.

조휘가 고개를 돌려 바라보자 그곳에는 독고 가문의 존자들로 추정되는 일곱 노인들이 서 있었다.

조휘는 그중에서도 마신을 한눈에 알아볼 수 있었다. 소림사의 불마동에서 봤던 그 모습 그대로였기 때문이다.

조휘가 예를 차리며 엄정하게 포권했다.

"이렇게 실제로 뵈니 기분이 묘하네요. 반갑습니다, 어르신들."

마신의 곁에서 무표정하게 서 있던, 마치 선계의 도사와 같은 행색의 노인이 입을 열었다.

굳이 소개하지 않아도 그가 천우자라는 것을 조휘는 단번에 알 수 있었다.

"그것이 너의 본 진면목이구나."

"예?"

기이한 눈초리의 천우자.

그의 그런 눈빛에, 조휘가 허리에 패용하고 있던 철검을 빼어 들었다.

깨끗한 검면(劒面)에 비춰 드러난 자신의 얼굴.

"아아……!"

검면 속의 그 얼굴은 현대인이었던 자신, 즉 조영훈의 얼굴이었다.

신물이 날 정도로 초라했던 과거, 병신같이 살던 그때가 생각나 조휘는 왠지 왈칵 눈물이 쏟아질 것만 같았다.

조휘로 불리는 삶이 이미 익숙해져 있었지만 그럼에도 그립고 그리웠던 자신의 진정한 자아(自我)였다.

그렇게 감동하고 있던 조휘를 상념에서 깨운 것은 익살스러운 마신의 목소리.

"클클, 원래는 그렇게 못생겼구나."

조휘가 두 눈을 매섭게 부라렸다.

"선배님도 그렇게 잘생긴 얼굴은 아닙니다만."

"무슨 소리를 하는 게냐. 이래 봬도 소싯적 여자깨나 울린 몸이거늘."

문득 조휘가 주위를 두리번거렸다.

"그나저나 저희 선조님들은 어디 계시죠?"

"급급여율령."

천우자가 나직이 주문을 외자 조휘를 비롯한 일곱 존자들의 신형이 희뿌연 안개에 휘감겼다.

갑자기 시야가 하얗게 변하며 정수리부터 발끝까지 산산이 해체되는 느낌이 들자 조휘는 식겁하며 놀라고 있었다.

-당황해하지 마라. 공간전이술(空間轉移術)의 술법이다.

천우자의 목소리가 들려오자 그제야 안심하는 조휘.

잠시 후 자신의 몸이 천천히 재구성되고 있다는 것을 느낀 조휘는 그런 기상천외한 경험에 전율할 수밖에 없었다.

아직도 믿기지 않는다는 듯 자신의 몸 이곳저곳을 살피던 조휘가 홀린 듯한 표정으로 입을 열었다.

"술법이라는 것도 실로 어마어마하군요."

천우자가 고고한 얼굴로 대답했다.

"이것이 진정한 축지성촌술(縮地成寸術)이지. 도가(道家)에 축지법이라 불리며 떠도는 비술들은 죄다 이 축지성촌술을 흉내 낸 아류에 불과하다."

"오호……."

이게 그 유명한 축지법의 진짜 버전이란 말인가.

그때, 그런 조휘의 시야에 조가(曹家)의 선조들이 들어왔다.

"아아!"

검신 어른과 조조 어른, 만상조 어른을 직접 마주한 적은 없었다.

그럼에도 조휘는 보자마자 그들을 구분할 수 있었다.

"조조 어른……!"

그것은 무공을 익혀 흘러나오는 기세 따위가 아니었다.

그에게서 뿜어져 나오는 파천황의 아우라는 지금까지 자신이 겪었던 그 어떤 인간에게도 겪어 보지 못한 종류였다.

패왕(覇王)이라 불리며 수백만의 군중을 다스렸던 중원의 절대자는 가히 인중지룡(人中之龍)의 모습 그 자체.

마치 다른 격을 지닌 존재처럼 느껴질 정도다.

"검신 어른……."

검신.

그는 가부좌를 튼 채 명상하는 듯이 눈을 반개하고 있었다.

그런 평범한 모습임에도 감히 측량할 수 없는 불가해의 기도가 느껴졌다.

보자마자 알 수 있었다.

자신이 짐작했던 검신 어른의 경지가 얼마나 오판이었는지를.

신(神)이라는 이름의 위용, 하늘에 닿아 있는 그의 경지가 그야말로 고스란히 느껴진다.

그의 일초지적이라도 될 수 있을까?

생각이 그에 미치자 순간 조휘는 허탈한 웃음이 일어났다.

"만상조 어르신……."

고아하게 웃고 있는 만상조.

세상의 지혜를 모두 담고 있는 듯한 만상조의 깊은 두 눈은 그저 바라보는 것만으로도 어떤 단면이 빨려 들어갈 것만 같은 느낌이 들 정도였다.

그 밖에 다른 선조님들도 마찬가지.

그들이 일신에 쌓은 수양이나 업적이 평범한 인간들로서는 결코 닿을 수 없는 경지라는 것을 곧바로 느낄 수 있을 정도였다.

한데 그런 선조들 모두가 마치 시간이 정지당한 듯한 모습으로 굳어 있었다.

조휘가 서둘러 의념을 일으켜 선조들을 살필 그때.

"……저게 모두 뭐죠?"

찢어질 듯 부릅떠진 조휘의 두 눈.

그것은 일종의 그물이었다.

그야말로 눈으로 가늠조차 할 수 없는 무량대수의 촘촘한 그물들이 조가 선조들의 전신을 물샐틈없이 옥죄고 있었다.

천우자의 눈빛이 깊게 가라앉았다.

"본 도가 아는 술법이었더라면 애초에 풀어 주었겠지. 저런 기오막측(奇奧莫測)한 술법은 본 도로서도 처음 보는 종류다."

그때 마신이 조휘에게로 다가왔다.

"저 그물은 그들의 영체를 구속하고 있는 것은 물론이거니와 그 어떤 물리력에도 끄떡도 하지 않는다."

조휘가 신음을 삼켰다.

"음…… 이미 실험해 보셨군요."

"그렇다. 본 좌가 전력을 다해 펼친 마신공에도 작은 생채기 하나 생기지 않았다."

자연경에 이른 마신의 무공으로도 흠집조차 낼 수 없다?

그의 곁에 가까이 서 있는 것만으로도 이렇게 숨쉬기도 힘든 압박감이 몰아치고 있었다.

조휘로서는 그의 말이 쉽게 믿어지지가 않았다.

천검류(天劍流).

제칠식(第七式).

천하중중패(天下重重覇).

조휘의 철검이 엄청난 속도로 떨리기 시작하자 눈부시게 일어난 백색 검강이 거대한 검처럼 화해 갔다.

천하중중패는 물리적인 파괴력만큼은 천검류의 초식 중에서도 최강이라 할 수 있는 초식이었다.

콰콰콰콰쾅!

세상을 짓이기듯 쏟아진 거대한 검이었지만, 과연 마신의 호언대로 선조들을 감싸고 있는 그물에는 흠집조차 생기지 않았다.

오히려 엄청난 반탄력으로 인해 조휘는 검세를 회수하느라 진땀을 빼야 했다.

"이런 미친……!"

천검류 최강의 중검으로도 부서지지 않는다고?

술법이란 것이 이토록 대단한 것일 줄이야!

천우자가 황급히 조휘의 앞을 막아섰다.

"이런 무식한 무인 놈들! 본디 주박술(呪縛術)이란 물리적으로 파훼하려고 하면 할수록 더욱 강화될 뿐이다! 무진(武震)! 도대체 네놈은 술법에 대해 아무것도 모르면서 뭘 가르치려 드는 것이냐!"

마신 독고무진이 씁쓸한 얼굴을 했다.

"죄송합니다. 어르신."

헐!

단순히 조상이라서 예를 갖춘다는 느낌이기보다 힘에서 밀리는 모양새였다.

천우자란 도사가 마신보다 더 윗줄의 힘을 지녔단 말인가?

"술법을 물리력으로 파괴하려면 술법의 원동력인 핵(核)을 타격해야만 가능한 법! 아직 본 도조차도 저 술법의 핵을 파악하지 못했는데 감히 네깟 놈들이!"

그런 천우자의 말을 듣자마자 조휘가 가볍게 깨닫는 바가 있어 두 눈을 동그랗게 떴다.

"설마 술법의 핵이라는 것이 저걸 말하는 겁니까?"

"뭐라······?"

검천전능지체로 바라본 술법의 그물.

조휘의 시야, 그 백색의 세계에서 수없이 드러난 물리학적 도식들 사이에 오연히 그 실체를 드러내고 있는 단 하나의 기호.

그것은 무한을 나타내는 '∞'라는 기호였다.

모든 함수와 도식들이 그런 '∞'에서 무한한 동력을 공급받고 있었다.

한데 이상하게도 검천전능지체를 거두면 아무것도 보이지가 않는다.

"설명해 봐라! 도대체 뭘 봤단 말이냐!"

"아니 그게······."

수학을 모르는 자에게 이걸 어떻게 간단히 설명할 수가 있단 말인가.

조휘는 일단 검천전능지체에 대해 설명하기 시작했다.

"제가 신좌의 유산인 검총을 겪었을 때······."

반각 정도 이어진 조휘의 설명.

그런 조휘의 설명이 더해지면 더해질수록 천우자의 얼굴은 한껏 호기심으로 부풀었다.

"세상을 산법의 기호(記號)로 볼 수 있단 말이냐?"

"그렇습니다."

"허······!"

세상을 산법의 기호로 본다?

그 전에 세상이 수(數)로 이뤄졌다는 것 자체를 천우자는 받아들일 수가 없었다.

"그럼 지금 네 녀석이 본 기호의 뜻하는 바가 무엇이냐?"

잠시 생각하던 조휘가 입을 열었다.

"무량대수입니다."

무량대수(無量大數).

중원의 산법에서 존재하는 가장 큰 수이며 무한을 의미하는 단어.

'∞'를 중원식으로 설명하려면 그보다 더 적절한 말은 없었다.

"마, 말도 안 돼!"

술법의 핵이 공급하는 힘이 무량대수라고?

인간이 구사한 이상 그런 술법의 핵은 존재할 수가 없었다.

술법의 핵에 서린 힘은 시전자의 법력에 비례하기 때문이다.

만약 초월자, 즉 신(神)과 같은 존재가 펼쳤다면 어쩌면 가능한 일일 수도 있었다.

술법에 무량대수의 힘을 공급할 수 있는 법력을 가진 자가 인간일 수가 없는 것이다.

'허면 저 술법이……!'

천우자는 전율하고 있었다.

지금 조휘의 말은, 자신이 보고 있는 저 주박술이 전설처럼 전해 내려오는 구천현녀경(九天玄女經)이나 관자재보살도

(觀自在菩薩圖)와 동급의 법력을 지닌 술법이라는 뜻이기 때문이었다.

황당한 것은 조휘도 매한가지.

지금까지 아무리 강력한 무공에도 수학적 '절댓값'은 존재했다.

검천전능지체로 바라본 세상에 '∞'이라는 기호가 출현한 것은 이번이 처음인 것이다.

당연히 조휘는 저 주박술을 파괴할 자신이 생기지 않았다.

천마삼검이 아무리 강하다고 한들 저 무량대수를 어떻게 부술 수 있단 말인가.

"제 검법으로도 가능해 보이지가 않습니다."

짙은 허탈함이 섞인 조휘의 음성에도, 천우자는 눈빛은 한 치의 흔들림도 없었다.

"아니다. 아무리 무량대수의 힘이라 하나 엄연히 세계의 법칙 내에 존재하는 수. 시공을 왜곡하는, 법칙을 부수는 네놈의 검이라면 반드시 술법에 타격을 줄 수 있을 게다."

"으음……."

침중한 신음을 흘리던 조휘가 마음이 선 듯 천천히 철검을 곧추세웠다.

그러자 곁에 있던 마신이 눈을 빛내기 시작했다.

신의 휘호를 일신에 새긴 그에게도 조휘의 검은 마주할 때마다 놀라운 것이었다.

67

조휘의 두 눈에서 서서히 일렁이기 시작한 자색 귀화.

그렇게 그가 마신공을 극한으로 일으키기 시작하자 마신의 얼굴에 화색이 돌았다.

"성화의 혼을 갈고닦아 하늘을 보는도다(煙魂天示)! 훌륭하다!"

단숨에 조휘의 경지를 꿰뚫어 보는 마신!

쿠쿠쿠쿠쿠쿠!

영계의 세상이 거칠게 진동하기 시작한다.

극한까지 일으킨 조휘의 마신공은 그야말로 상상을 불허하는 힘 그 자체였다.

거대한 진동이 마침내 잦아들었을 때 조휘의 신형이 천천히 움직였다.

세상을 파괴하는 천마멸제의 검무.

그것은 천마멸겁무의 시작을 알리는 기수식이었다.

우우우우웅-

가늘게 검명을 토해 내던 조휘의 철검에서 추측이 불가능한 힘이 스멀스멀 흘러나오기 시작했다.

조휘의 신형이 흐릿해지며 사라지자 마치 세계를 지탱하는 무언가가 점멸하는 듯한 착각이 일어난다.

파악!

천지를 굉음하는 소리도, 그 어떤 빛살도 일어나지 않는다.

수없이 생겨나기 시작한 점(點).

마침내, 세상의 법칙을 파괴하는 그 모든 점들이 일제히 '∞'를 향해 날아들었다.

조휘가 천마삼검(天魔三劒)의 첫 번째 초식 천마멸겁무를 천검류의 천하공공도처럼 펼치자 이를 바라보는 마신은 묘한 기분을 느꼈다.

본래의 천마삼검은 조휘의 천마멸겁무처럼 정제되고 깔끔한 느낌이 아닌, 모든 무혼을 한꺼번에 폭발시키는 파천황의 마검.

분명 검의(劒意)에 담긴 묘리는 천마멸겁무와 비슷했지만 의념의 체계, 심상을 구현해 내는 방식 등 다른 모든 점이 달랐다.

같은 석판을 보고 어찌 저리도 결이 다른 검식을 펼칠 수 있단 말인가.

그렇게 마신이 묘한 기분을 느끼고 있을 때 기이한 광경이 일어나고 있었다.

조휘의 천마혈겁무, 그 무한한 점(點)들이 집중하고 있는 어느 한 공간.

분명 그곳은 아무것도 없는 허공이었다.

한데 짙은 어둠으로 물들기 시작하더니 이내 균열하며 보랏빛 광채를 발하고 있는 것이다.

그 순간, 일곱 존자들의 안색이 동시에 핼쑥해졌다.

균열로부터 흘러나오는 그 기운.

그 가공할 힘을 대한 순간 영혼이 바스러지는 것 같은 느낌이 들었기 때문이다.

"대체 이런 기운이……!"

창백해진 얼굴로 굳어 버린 천우자.

이런 걸 과연 법력이라고 부를 수가 있을까?

그제야 천우자는 인정할 수밖에 없었다.

저 주박술은 결코 인간의 법력으로 펼친 것이 아니었다.

그것은 법력이 아닌 신력(神力).

신이나 혹은 신의 반열에 이른 존재의 흔적이었다.

<u>츠츠츠츠츠츠</u>.

균열에서 쏟아져 나오기 시작한 보랏빛 광채에 의해 이제는 시공간이 일렁이며 왜곡되는 현상이 더욱 도드라져 보였다.

그런 현상이 현저히 육안으로 보일 지경이 되자 별안간 조휘가 경악성을 내지르며 천마멸겁무를 거두었다.

"피해요!"

천검류(天劒流).

천하절대검벽(天下絶大劒壁).

천마멸겁무의 수많은 점이 거둬지자마자 광활한 검림(劒林)이 영계에 현신했다.

술법에 무량대수의 신력을 공급하고 있던 시공간이 붕괴되자 상상하기도 힘든 거력이 사방으로 분출되고 있었기 때문이다.

쿠콰콰콰콰콰!

보랏빛 광선에 닿기도 전에 산산이 부서지고 있는 거검(巨劍)들!

'……이렇게 쉽게 부서진다고?'

검술의 극한인 강기를 넘어 의념공까지 막아 내는 것이 천하절대검벽이다.

그런 천하절대검벽의 엄청난 물리 방호 능력을 누구보다도 잘 알고 있는 조휘로서는 실로 기함할 일이었다.

그 말인즉 지금 균열에서 쏟아져 나오고 있는 광채에는 단순히 물리적인 힘만 담긴 것이 아니라는 뜻.

그렇게 조휘가 당황해하고 있을 때 그의 뒤편에서 마신과 천우자의 외침이 동시에 들려왔다.

"급급여율령! 호방현무도(護防玄武道)!"

"마환염천벽(魔環炎天壁)!"

조휘가 멍하니 그 모습을 바라보고 있었다.

마신의 검에서 토해진 수많은 마화의 고리들.

검천전능지체의 감각권으로 전해 오는 그 고절한 도식들은 진정한 자연경의 경지가 어떤 것인지를 단숨에 느낄 수 있을 정도였다.

더욱 놀라운 것은 천우자의 전면에 등장한 거대한 거북이 모양의 환수(幻獸)!

놀랍게도 환수 현무(玄武)는 그 광활한 등짝으로 보랏빛 광채를 자신의 천하절대검벽보다 훨씬 잘 막아 내고 있었다.

화아아아아악!

보랏빛 광풍이 마침내 모두 잦아들었다.

그 광풍은 천하절대검벽과 마환염천벽, 호방현무도를 차례로 휩쓸어 갔지만 다행히도 조휘와 일곱 존자들에게는 닿지 못했다.

"네놈은 진정 괴물이로구나."

탈력감 가득한 얼굴로 조휘를 쳐다보고 있는 천우자. 그로서도 막대한 법력을 소모한 듯 보였다.

"설마설마했지만 신력(神力)이 깃든 술법을 정말 순수한 무공으로만 파훼할 수 있을 줄이야……."

깔끔하게 파괴된 술법의 핵.

조휘도 조가의 선조들을 바라보자 그들을 옥죄고 있던 그물들이 점차 흐릿해져 가고 있었다.

"어쨌든 성공한 거죠?"

"그렇다."

"오오!"

마침내 그물들이 모두 사라지자.

"으으음……."

"허어어……."

하나같이 신음성을 흘리며 깨어나고 있는 조가의 선조들!

조휘가 벼락같은 보법을 밟아 선조들에게 다가갔다.

"검신 어른! 만상조 어른! 괜찮으십니까!"

정신이 어지러운 와중에서도 갑자기 처음 보는 젊은 놈이 시야에 들어오자 그들은 당혹해했다.

"……누구시오?"

"누구?"

검신과 만상조는 조영훈의 형상을 하고 있는 조휘를 곧바로 알아보진 못했다.

허나 검신은 조휘의 내면, 그 본질을 이내 알아보며 경악성을 내질렀다.

"이놈! 이 어리석은 놈! 이곳이 어디라고 함부로 들어왔느냐!"

만상조도 깜짝 놀라는 눈치.

"허허, 휘아…… 너였단 말이냐."

한데 이곳 영계에 조휘만 있는 것이 아니었다.

독고가의 일곱 존자들을 발견한 조조.

그가 경계의 빛이 가득한 눈으로 침중하게 입을 열었다.

"으음…… 하나같이 존자(尊者)의 격을 지닌 자들이로군. 한데 어찌 조가의 의천혈옥 속 영계로 들어올 수 있단 말이지?"

한편 마신에게 한시도 눈을 떼지 못하고 있는 검신.

"허! 실로 광대무변하도다."

마신 역시 검신에게 감탄하고 있는 것은 마찬가지.

"대단하다! 과연 검의 신이라 불려 마땅하다!"

중원 긴 역사 속에 기인 중의 기인으로 남은 위대한 자들이 한날한시에 만나게 된 것.

각자의 분야에서 인간의 경지를 뛰어넘은 자들이니만큼 서로를 바라보며 지극히 감탄하는 것은 당연한 일이었다.

그런 조가(曹家)와 독고가(獨孤家)의 존자들 사이에 조휘가 서 있었다.

조휘가 짤막하게 지금까지의 사정을 선조들에게 설명해 주었다.

그러자 조가의 선조들에게서 각양각색의 반응이 쏟아져 나왔다.

"갈! 조가의 비원을 성취할 자가 어찌 그리 함부로 영력을 소모한단 말이냐!"

"네놈은 인세의 겁난을 종식시키기 위해 안배된 의천의 연자다! '사람'의 흥망이 네놈에게 달렸거늘 도대체 이게 무슨 짓이란 말이더냐!"

"영력의 소모가 무슨 장난인 줄 아느냐!"

그동안 목소리로만 듣던 선조들의 잔소리.

한데 그런 잔소리가 저렇게 살벌한 표정과 함께 어우러지자 그 위압감이란 말로 표현하기 힘들 지경이었다.

하지만 그럼에도 선조들의 깊은 사랑이 느껴진다.

조휘가 헤벌쭉 웃으며 자신의 선조들을 향해 넙죽 엎드렸다.

"헤헤, 선조님들 정말 보고 싶었습니다."

선조들 앞에 서니 왠지 어린아이가 된 것만 같은 기분.

조조가 콧방귀를 뀌며 그런 조휘를 외면했다.

"흥! 패왕의 자질을 타고난 놈이 정에 연연하다니! 그 꼴이 흡사 현덕(玄德) 놈 같구나! 미련하다!"

아니, 선조님?

삼국지의 등장인물 중에서 제가 가장 싫어하는 인물이 유비거든요?

그 우유부단의 상징, 무능력의 아이콘을 나와 비교하다니……

제가 선조님들을 구하기 위해 얼마나 개고생을 했는데!

거 너무하잖소!

"진정이냐? 현덕 놈을 싫어한다는 것이?"

조휘가 화들짝 놀랬다.

"아니, 여기에서도 제 속마음이 들린단 말입니까?"

어이가 없다는 듯한 얼굴을 하는 조조.

"여긴 존자들의 영(靈)이 서로 연결되어 있는 세계, 즉 영계다. 오히려 더 크게 들린다 이놈아. 그 삼국지라는 것이 무엇이냐? 아니지. 본 왕이 찾아보면 될 것을."

갑자기 누군가가 자신의 머릿속을 헤집는 듯한 느낌이 드는 조휘.

"아니 갑자기 뜬금없이 제 기억은 왜 살펴봅니까?"

"이런 개 쌍! 누구냐! 감히 어떤 놈이 이런 엉터리 상상을 세상에 내놓은 것이냐!"

조휘의 기억 속 삼국지는 실제의 역사로 기록된 정사삼국지가 아닌 나관중의 삼국지연의.

당연히 저자인 나관중의 온갖 상상력과 취향이 반영된 그야말로 '소설'이다.

조조로서는 얼토당토않은 그의 상상력에 열 받는 점이 한두 곳이 아니었다.

"적벽대전을 저따위 상상으로 묘사하다니 뭐 이런 미친 인사가 다 있나?"

"아니 지금 그게 중요한 게 아니지 않습니까……."

"본 왕에게는 무엇보다 중하다!"

억울하다!

그 계집처럼 굴던 유비에게는 온갖 미사여구로 칭송해 마지않으면서 왜 본 왕에게는!

조조가 보기에 자신을 '비열한 인간'처럼 묘사한 부분이 너무 많았다.

그때, 독고가의 일곱 존자들을 대표해서 천우자가 조조의 앞에 섰다.

"본 도는 강호에서 천우자라 불렸던 사람이오. 독고가(獨孤家)를 대표해서 이렇게 인사드리오."

"천우자……?"

고개를 갸웃거리며 묘한 얼굴을 하고 있는 조조와는 달리 만상조의 표정은 경악으로 얼룩져 있었다.

"처, 천우자!"

천우자(天宇子).

머나먼 고대로부터 전설처럼 전해 내려오는 선주일계의 대표적인 도문이 있었다.

천선문(天仙門).

대부분의 강호인들에게는 그 이름조차 생소한 세상의 신비였다.

하지만 만상조는 선주일계와 제법 인연이 있었고, 때문에 그들의 진정한 힘과 위력을 잘 알고 있었다.

천선문은 선주일계 역사상 가장 많은 대라신선을 배출해 낸 곳.

만상조의 일생, 그 시절의 천선문주가 바로 '천우자'였던 것이다.

만상조의 황망한 얼굴이 천우자를 향했다.

"허허, 천선문의 천우자께서는 그 도력과 법술이 끝내 하늘에 닿아 대라신선의 반열에 올랐다 들었소이다. 한데 어찌하여 이런 곳에서……."

천우자는 반개한 눈으로 씁쓸하게 웃고 있었다.

"역사 속의 패왕께서도, 신이라 불렸던 위대한 무인들도 이곳에 있거늘, 본 도가 무어가 그리 대단하다고……."

허나 만상조는 그리 간단하게 치부할 수가 없었다. 당시에도 천우자는 인간과는 그 격이 다른 인외의 존재였기 때문이다.

"천우자께서는 선주일계를 대표하는 대선(大仙)이셨소. 감히 혼세일계(인간계를 높이 칭하는 말)의 사람들과 어찌 비교가 될 수 있단 말이오."

나직이 고개를 가로젓는 천우자.

"대라계(大羅界)에 들지 못하는 이상 대선이라 할지라도 그 영혼의 본질은 아직 사람이라 할 수 있소. 구분 짓지 마시오."

사람임이 부정당했다는 것에 마치 기분이 나쁘다는 듯한 천우자의 표정.

만상조가 황망하게 포권했다.

"제 말 속에 다른 의도가 있는 것은 아니었소이다."

그때, 조조가 흥 하고 콧방귀를 끼며 입을 열었다.

"전생의 격(格)을 대우해 줘도 지랄이구나. 그리 허리 숙일 것 없다. 이곳 영계에 존재하는 이상 다 같은 존자에 불과하거늘, 여기서도 서열을 나눌 참이냐?"

조휘가 황당한 얼굴로 그런 조조를 쳐다보고 있었다.

저기 선조님, 누가 봐도 지금 이곳에서 당신이 최상위 서열, 즉 일진처럼 보이는데…….

그때 조용히 모든 광경을 지켜보고 있던 마신이 끼어들었다.

마신이 묵묵히 걸어와 털썩 주저앉아 좌정한 채로 고개를 치켜들었다.

"의천혈옥의 옥주와 대담을 요청하오."

"옥주(玉主)?"

옥주라면 의천혈옥의 주인을 말하는 것 같은데.

그러나 조가의 존자들에게 그런 것은 생소한 개념이었다.

자신들은 의천혈옥의 은총을 받아 일생을 영화를 누리며 살았다.

그 대가로 의천혈옥에 영혼이 종속된 입장인 것.

때문에 혈옥의 주인이라는 의식은 단 한 번도 떠올려 보지 못한 개념이었다.

조조의 이글거리는 안광이 마신에게 쏘아졌다.

"대관절 옥주가 무엇이오? 우리 조가들에게 그런 개념의 위계는 없소이다."

한데 마신은 오히려 더 당황해했다.

"최초의 존자가 바로 옥주 아니오? 그럼 옥주의 권한과 능력도 모른단 말이오?"

"최초의 존자? 권한과 능력?"

일곱 조가 존자들의 시선이 일제히 조조에게로 향했다.

후손들의 뜨거운 시선을 느낀 조조가 정색하며 손사래를 친다.

"정말 모른다! 내가 그런 것을 알 턱이 있느냐?"

적어도 이 영계에서만큼은, 더욱이 가문이라는 울타리로 맺어진 이상, 서로에게 비밀이 있어서는 안 된다는 것이 이들의 지론이었다.

조조가 마신을 뚫어지게 응시했다.

"그 옥주라는 것이 혈옥과 인연을 맺은 최초의 존자를 뜻하는 거면 본 왕이 맞소. 한데 그 옥주라는 위계의 권한과 능력이 무엇이란 말이오?"

마신의 기이한 눈초리.

"허어, 그렇다면 지금까지 단 한 번도 옥주로서의 자각이 없었단 말이오?"

"그렇소. 그런 위계를 듣는 것조차 처음인 마당이오."

마신의 얼굴이 침중하게 굳어졌다.

"자각하지 못했다면 옥주로서의 권한은 원래부터 없는 것이오."

"그건 또 무슨 소리요?"

"당신은 이 구슬을 정상적으로 얻은 것이 아니구려. 옥주로서의 자각이 없었다는 말은 이걸 만든 존재로부터 직접 소유권을 이전받은 것이 아니란 소리니까."

마신의 그다음 말에 조조의 얼굴이 차갑게 굳어졌다.

"누구의 것을 빼앗은 것이오?"

차가웠던 조조의 얼굴에 점점 복잡한 감정이 서리고 있었다.

슬픔, 고통, 분노, 아련 등 수많은 감정이 시시각각 교차하고 있는 조조의 얼굴.

그렇게 한참 동안 서서 겨우 마음을 다잡던 조조가 힘겹게 입을 열었다.

"빼앗은 것이 아니오……."

마신은 한껏 의문이 서린 표정을 하고 있었지만 조조의 분위기가 심상치 않자 그 이상의 질문은 할 수 없었다.

"어쨌든 소유권을 이전받지 못한 것은 틀림없는 것 같은데."

의천혈옥의 소유권이라.

쓴웃음을 머금는 조조.

이어 한이 서린 듯한 조조의 목소리가 들려왔다.

"……진실로 금시초문이오."

"으음."

마신이 잠시 고민하는 듯하더니 결심이 선 듯 천우자를 바라보았다.

"원래 혼세천옥의 옥주(玉主)는 사조님 아니십니까? 자꾸 저만 내세우지 마시고 직접 설명해 주시지요."

천우자가 가득 찌푸린 미간으로 마신을 응시했다.

"허어, 웃기는 놈이로고. 꼭 해야 할 일이 있다며 옥주의 권한을 위임해 달랄 때는 언제고 이제 와서 결단을 본 도에게 미룬단 말이냐?"

"어쨌든 혼세천옥을 만든 자를 직접적으로 본 것은 사조님이 유일하시지 않습니까."

그 순간 천우자의 얼굴은 두려움으로 물들고 있었다.

"그들의 비밀을 언급한다는 것이 얼마나 큰 위험을 초래하는지 너는 모른다……."

조가의 선조들을 응시하는 천우자.

"저 존자들을 구속하고 있던 신력(神力)의 주박술이 바로 그 증거이지 않느냐."

그런 그의 말에 조휘가 당황스러운 표정으로 의문을 표시했다.

"이해가 되지 않는데요. 선조님들을 구속하고 있던 주박술은 제가 마신공을 익혔을 때 갑자기 생긴 것입니다. 고작 한 사람이 무공을 익히는 것에 불과한데 그것이 세상의 법칙을 비트는 일과 무슨 상관관계가 있을 수 있단 말입니까?"

천우자의 두 눈에 더욱 깊은 현기가 어렸다.

"너는 삼신(三神)을 우습게 보는구나. 자연경의 경지란 천외천(天外天)이라는 선주일계에게도 위협이 되는 경지. 신의 경지라 불리는 그런 힘을 한 인간이 두 가지나 수습하는 인과율(因果律)이란 얼마나 티끌 같은 확률이겠느냐? 네놈이 감히 상상할 수도 없으리라."

"······."

"그리고 그 인과율은 저놈이 조작했지. 내게 옥주의 권한을 빼앗듯이 가져가서 말이야."

"예?"

황당함으로 굳어 버린 조휘.

자신이 검신 어른에게 마신공을 배우고 천마성에 이르러 천마삼검을 익힌 것이 모두 조작된 인과율의 결과라고?

아니 그게 가당키나 한 소리인가?

자신을 포함한 검신 어른, 그 밖에 수많은 마교의 추종자들, 그들 모두의 정신과 의지를 조작할 수 있는 힘이라고?

　조휘는 진심으로 온몸에 소름이 돋았다.

　"아니, 그게 말이 되냐고요! 그런 건 진정으로 신(神)의 힘이 아닙니까?"

　"의천혈옥과 혼세천옥이 얼마나 불가해(不可解)한 힘을 담고 있는지 비로소 이해한 얼굴이구나."

　씁쓸한 표정을 하고 있던 천우자가 조조를 응시했다.

　"의천혈옥에 대해서 얼마나, 어디까지 알고 있소?"

　순간 조조의 두 눈에 기광이 일렁였다.

　"사람의 격(格)으로 만든 법보(法寶)가 아니라는 것, 그리고 어떤 '위험'에 대비하기 위한 법보라는 것. 내가 아는 것은 그 정도가 전부이오."

　"추상적으로만 알고 계시군."

　이어 한참 동안 이어진 침묵.

　그렇게 고민하던 천우자의 입에서 점차 고대의 전설이 흘러나오기 시작했다.

39 章.

언젠가부터 혼세일계의 인간들은 다양한 방식으로 인간의
껍질을 깰 수 있다는 것을 발견하게 된다.

도(道), 불(佛), 마(魔), 무(武), 법(法) 등.

그중에서도 최고의 인간은 보리달마(菩提達磨).

그는 스스로 사람의 굴레를 탈피한 최초의 인간 그 자체였다.

그렇게 우주적 존재가 되어 버린 달마는 홀연히 중원의 선
종(禪宗)과 이별하고 새로운 세계로 떠나기 위해 길을 나섰
는데, 그때 혜가와 같은 혼세일계의 제자가 아닌 인간의 경지
를 벗어난 세 명의 구도자(求道者)들이 그를 따르게 된다.

의천존자(義天尊子).

혼세마(混世魔).

무천도인(武天道人).

달마를 제외한다면 혼세일계에서 가장 고절한 경지를 이룩한 이 세 명의 구도자들은 그를 지극히 존경했다.

그들의 눈에는 달마가 진정한 신처럼 보였고 그를 따르기만 한다면 자신들도 달마와 같은 경지를 이룩할 수 있다는 믿음으로 가득했기 때문이다.

하지만 그들은 자신들의 그런 믿음이 얼마나 헛된 것인지를 얼마 가지 않아 깨닫게 된다.

달마에게는 이미 인간성(人間性)이 없었다.

어리석은 중생을 구제하기 위해 불법을 설파하던 그의 '인간성'은 온데간데없이 사라지고, 대신 그의 마음속에는 끝없는 허무와 유희만이 자리 잡고 있었다.

달마옥(達磨玉).

그것은 달마가 자신의 법력으로 탄생시킨 최초의 영옥(靈玉)이었다.

그는 그런 달마옥을 혼세일계에 장난처럼 던져 놓았다.

달마옥은 인간의 탐욕, 그 욕망의 겁화를 실험하는 일종의 유희도구.

그는 달마옥으로 인간에게 이능력을 주는 대신 그들의 영혼을 타락시키며 이내 자신의 법력으로 흡수했다.

달마옥은 세상에 수많은 왕과 재상, 학자와 무인들을 탄생시켰다.

그렇게 달마옥에 무량대수의 업(業)과 겁(劫)이 쌓이자 달마는 그 모든 힘을 자신의 법력으로 치환해 어느 날 홀연히 사라졌다.

달마를 따르던 세 명의 구도자들은 그의 법력이 남긴 흔적을 발견하고서 경악할 수밖에 없었다.

그것은 달마 그 자신의 마지막 유희, 불가에서 말하는 '환생(還生)'이었기 때문이다.

달마가 평생을 쌓아 올린 모든 법력과 깨달음을 헌신짝처럼 버리고는 모든 기억을 지운 채 환생의 겁(劫)을 일으킨 것이었다.

여기까지 설명을 들은 조조가 신음성을 삼켰다.

"그럼 혹시 우리의 의천혈옥이란 것도?"

"그렇소. 달마의 가르침을 받은 세 명의 제자들도 각자의 법력으로 영옥(靈玉)을 창조했소. 하지만 달마의 경지에 미치지 못해 그들의 영옥은 불완전했지."

검신이 끼어들었다.

"어떤 점이 불완전하다는 말이오?"

"본래 인간의 영혼, 즉 영력이란 오롯한 그 자신의 것이오. 한 인간의 영력을 다른 존재가 취할 수 없는 것이 이 세계의 법칙. 하지만 달마옥은 그런 법칙마저 깨뜨리는 법보였소."

"……."

천우자의 말이 한껏 신중해졌다.

"허나 달마의 제자였던 세 구도자들은 탐욕을 통해 인간을 타락시켜 그들의 영혼을 구속하는 비술은 알고 있었으나, 그렇게 쌓은 영력을 자신들의 법력으로 치환하는 비술까진 알지 못했소. 보리달마가 그 이치만큼은 제자들에게 끝내 가르치지 않았기 때문이오."

"아……!"

"으으음……!"

그제야 조가의 선조들은 이해가 된 다는 듯 깊은 신음성을 삼키고 있었다.

그들도 의천혈옥에 영혼이 쌓이면 '환생의 겁'을 일으키는 법보라는 것을 알고 있었다.

그것이 바로 사마 씨를 향한 불타는 복수심 때문에 조 씨 일가가 의천혈옥을 취한 이유였다.

"짐작대로 세 구도자들은 환생할 수가 없었소."

또다시 천우자의 긴 설명이 이어졌다.

영옥 속에 영혼이 일정 수준 이상으로 쌓이게 되면, 그렇게 쌓인 영력이 무한한 법력으로 치환되며 확률적으로 환생자가 탄생한다는 것.

그리고 그 확률은 아무도 모른다는 것.

"대신 그들은 영옥을 최초로 취한 자들에게 강력한 염원을 남겼소이다. 나 역시 혼세마의 자아를 지니고 있으니 말이오."

조조가 깜짝 놀랐다.

"그럼 당신이 그 '혼세마'란 말이오?"

"아니오. 본 도의 본질은 천우자. 단지 그의 기억과 의지만 주입받았을 뿐이지."

천우자의 그다음 말에 조가의 모든 존자들이 놀랄 수밖에 없었다.

"의천혈옥과 혼세천옥의 본질은 '보리달마'의 '환생자'를 막기 위함이오. 존자들의 모든 경험과 능력으로 환생자를 조력하고 이를 통해 보리달마의 존재력 자체를 없애는 것이 세 영옥의 진정한 탄생 배경이오."

검신이 궁금증을 토해 냈다.

"이상하군. 분명 당신은 보리달마가 자신의 모든 기억을 지운 채 환생했다지 않았소? 그렇다면 세상에 해악을 끼치는 그의 본질이 사라졌다는 말일 텐데."

갑자기 박장대소하는 천우자.

"크하하하하! 보리달마의 본질이 단순히 세상에 해악을 끼치는 것이라고 생각했소?"

천우자의 두 눈이 처절한 광망을 토해 냈다.

"그에게 혼세일계는 자신의 거대한 실험장이오! 세상을 지탱하는 법칙을 왜곡하고 부수면서 머나먼 하늘에서 오는 어떤 의지들을 관찰하지!"

"......"

"인간이 상상할 수도 없는, 그런 초월적인 존재들의 의지가 깃든 세계의 법칙이오. 그런 오롯한 법칙들을 왜곡하고 파괴하는 그의 행동이 이 혼세일계에 어떤 영향을 미칠 것 같소? 그대가 한번 말해 보시구려."

검신의 얼굴이 창백해졌다.

"설마……!"

"그렇소. 초월적인 존재들에 의해 혼세일계라는 세상 자체가 사라질 수도 있는 것이오. 보리달마는 그만큼 무서운 자. 자신의 지적 호기심, 그 유희하는 마음을 채우기 위해 억(億)에 달하는 사람들 모두의 목숨을 실험하는 미친 존재인 것이오."

"허어……!"

"더욱이 세 구도자들은 보리달마의 무한한 법력을 누구보다 잘 알고 있었소. 그가 끝까지 자신의 본질을 기억해 내지 못한다고 어찌 장담할 수 있겠소? 언제고 깨달음을 얻어 인간의 알을 깰 자요."

그의 말에 영계의 모든 존자들이 차갑게 얼굴을 굳혔다. 실로 무서운 말이었기 때문이다.

그 모든 광경을 지켜보고 있던 조휘가 끝내 입을 열었다. 그의 표정은 전에 없을 정도로 심각했다.

"혹시…… 그게 나라고요? 저더러 보리달마의 환생자를 막으란 말입니까?"

천우자가 조휘를 지그시 응시했다.

"본 도도 모른다. 사람인 이상 무량대수의 확률을 어찌 헤아릴 수 있겠느냐. 허나 내가 경험한 '영옥(靈玉)에 의해 탄생한 환생자'는 오직 너뿐이구나."

조휘는 곰곰이 생각해 보다 다시 입을 열었다.

천우자의 말을 모두 종합해 봤을 때 보리달마의 '환생자'로 가장 의심되는 후보는 분명하게도 '신좌(神座)'였다.

"혹시 신좌라는 존재가……."

마신이 확신에 찬 얼굴로 고개를 끄덕였다.

"확실하다! 살아 있는 영혼과 육신에 흐르는 시간을 멈추게 하는 법력, 그 생령봉인술은 대선(大仙)이라 불리셨던 천우자 사조께서도 막지 못한 불가해의 법력! 필시 보리달마의 비술일 것이다!"

마신이 만났던 신좌의 추종자 '금천종'이 펼쳤던 비술!

시간을 다루는 이상 그 비술은 반드시 인외의 경지라 할 수 있었다.

천우자가 다시 입을 열었다.

"그때 저놈이 죽어 영계로 오면서 본 도에게 옥주의 권한을 위임해 달라고 떼를 썼지. 영옥의 능력은 바로 존자들의 영력을 일부 소모해서 나머지 영옥들을 인과율의 인력(引力)으로 끌어당기는 것. 혼세천옥이 봉인되는 마당에 우린 선택지가 없었다."

"와 씨. 그게 제가 소림사로 가게 될 수밖에 없었던 이유라고요?"

"그렇다."

조휘의 입장에서는 보리달마만큼이나 세 구도자들의 능력
도 마찬가지로 미친 것이었다.

그 말인즉 장일룡이 손에 상처를 입었던 것도 혼세천옥의
능력인 '인과율 조작'의 결과라는 뜻이 된다.

아니 무슨 그게 말이 되나?

그렇다면 그런 장일룡을 안타까워하는 자신의 마음마저도
인과율에 의해 조작된 것이라는 뜻이지 않은가?

조휘가 그렇게 황당해하고 있을 때, 갑자기 영계가 진동으
로 휩싸이기 시작했다.

쿠구구구구구구구.

마치 세계가 떨리는 듯한 거대한 진동.

"이, 이 진동은 뭐죠?"

극도로 당황해하고 있는 조휘에게로 천우자의 허탈한 시
선이 날아들었다.

"결국 이렇게 되는구나. 보리달마의 비밀을 털어놓는 순간
이미 예견된 일이었다."

"예? 갑자기 그게 무슨 말씀…… 헉!"

머나먼 영계의 하늘 어느 한 부분이 그야말로 찢어지고 있
었다.

곧이어 그 균열의 틈 사이로 엄청난 금광(金光)이 흘러나

왔다.

햇쑥해진 마신의 얼굴.

"설마!"

그에게 너무나도 익숙한 광대무변한 기운이었다.

그것은 마신을 죽음으로 몰아간 한 초월자의 존재감!

머나먼 과거, 소림사를 멸망시킬 뻔한 거대한 악귀가 영계
를 찢고 진입하고 있었다.

"그, 금천종(金天宗)!"

햇볕보다도 따가운 저 금광(金光).

온몸을 짓이겨지는 듯한 이 파천황의 존재감.

그야말로 그 옛날 금천종의 신위 그대로였다.

마신은 도무지 이해를 할 수가 없었다.

당시는 칠백 년 전.

피륙을 뒤집어쓴 인간임이 분명한데 어떻게 그 긴 세월 동
안 생명을 유지할 수 있다는 말인가?

그렇게 균열하며 진동하던 영계가 점점 잦아들더니 마침
내 일노이동(一老二童)의 모습이 영계에 현신했다.

온몸에 눈부신 금광을 드리운 노인과 천진난만하게 웃고
있는 두 명의 소동.

순간, 검신이 짙은 신음성을 내뱉었다.

"으음…… 신좌의 소동(小童)들이구나."

그 옛날 자신과 동수를 이루었던 소동들.

지금 저 아이들이 당시에 만났던 소동들은 아닌 듯했다.

하지만 이죽거리고 있는, 마치 세상을 비웃는 듯한 기괴하며 익살스러운 그 표정들만큼은 분명 '소동'들 고유의 특징이었다.

그런 검신의 소회는 오래가지 못했다.

자신과 거의 비슷한 경지의 마신조차도 긴장감으로 땀을 뻘뻘 흘리며 바라보고 있는 자.

우우우우웅.

그렇게 온몸으로 금광을 뿜고 있는 '금천종'은 그 얼굴에 인간성이 존재하지 않았다.

아무리 무표정한 얼굴이라도 사람인 이상 일말의 감정이 드러나게 마련인데 그는 그야말로 밀랍인형 같은 자였다.

마치 무생물을 보고 있는 듯한 착각.

그런 금천종이 무감각한 얼굴로 천우자를 응시했다.

[감당하지 못할 짓을 저지른 자여.]

그것은 인간의 육신에서 나오는 목소리가 아니라 영력의 파동, 즉 영언(靈言)이었다.

조휘가 그런 금천종을 묘한 얼굴로 바라보고 있었다.

인간에게서 뿜어 나오는 기운이 아닌 것 같은, 이질적인 존재감만큼은 확실하다.

그러나 한결같이 경악의 표정으로 굳어져 있는 존자들과는 달리, 이상하게도 자신은 그렇게까지 두려운 감정이 생기지는 않았다.

뭐랄까, 조금 비현실적인?

분명 그의 일초지적도 안 될 것 같은 생각이 들기는 하는데, 그의 그런 모습을 왠지 스크린으로 보는 듯한 묘한 느낌이 든다.

예를 들자면 영화 '어벤져스'의 타노스가 우주의 절반을 사라지게 할 수 있는 무한한 존재, 신에 가까운 존재지만 그를 두려워하는 관객은 없지 않은가?

그것은 타노스가 영화 속 '가상'의 존재라는 것을 관객들 모두가 알고 있기 때문. 조휘에게 금천종은 딱 그런 느낌이었다.

그래, 넌 오늘부터 '금노스'다.

"금노스! 하하!"

그런 장난스럽고 유쾌한 상상이 입으로 터져 나와 버린 조휘.

세상이 무너져도 끝까지 무감각할 것 같았던 금천종의 얼굴에 점차 감정이란 것이 일렁이기 시작했다.

[너로구나.]

"내가 뭐?"

피식하며 이죽거리는 조휘.

마신이 그렇게 겁대가리를 상실한 조휘를 미친놈 보듯 쳐다보고 있었다.

저 눈앞의 금천종은 지금 이곳에 존재하는 모든 존자들의 능력을 합한다 해도 승부를 장담할 수 없는 자.

무극의 경지에 이르렀으니 그런 금천종의 엄청난 존재감을 뼈저리게 느끼고 있을 터인데 저런 어이없는 여유라니!

[좌(座)에 오르지 않고도 좌의 영격(靈格)을 지닌 자. 그렇지 않아도 너는 우리 사이에서 화제의 존재.]

금천종의 곁에 있는 소동들이 더욱 익살스러운 얼굴을 했다.

[맞아. 쟤는 특이해.]
[벌써 인간이 아닌 것 같아.]
[내가 먼저 먹어 보면 안 될까?]
[닥쳐! 내기에 졌잖아!]

조휘가 황당한 얼굴을 했다.

뭐? 날 먹어? 이 새끼들이!

"식인종이라도 된다는 거냐? 애새끼들이 어른들 앞에서 못하는 소리가 없네?"

검신이 그런 조휘를 엄정하게 꾸짖었다.

"예전에 본 좌가 말했던 신좌의 소동들이다! 경거망동하지 말거라!"

"예? 이 새끼들이요?"

이놈들이 자연경에 이른 검신 어른과 동수를 이룬 무공의 고수라고?

조휘는 쉽게 이해가 되지 않았다.

금천종은 몰라도 이 소동들에게서는 그다지 대단한 점을 느끼지 못하고 있었던 것.

백안(白眼)으로 한참이나 소동들을 살피던 조휘가 황당한 얼굴로 입을 열었다.

"아니, 진짜 아무것도 아닌 애들 같은데요."

황당하게 굳어 버린 검신.

조휘의 검천전능지체를 누구보다도 잘 알고 있는 검신으로서는 황당할 노릇이었다.

자연경에 이른 저 소동들의 무위를 느끼지 못한다고?

절대경의 무극에 이른 자의 감각으로, 어찌 저 어마어마한 존재감을 느낄 수 없단 말인가?

조휘도 이해할 수 없다는 듯한 얼굴이었다.

분명 검천전능지체로 전해져 오는 무공의 깊이는 자연경이다.

한데 그들도 금천종과 마찬가지로 영화나 만화 속의 캐릭터를 보는 듯한 느낌이었다.

드래곤볼 속의 손오공이 우주를 날려 버리는 신에 근접한 존재지만 그렇다고 무섭지는 않지 않은가.

그 역시 사람으로 존재하지 못하는 비현실의, 가공의 인물이라는 것을 인지하고 있기 때문이다.

"거 이상하네."

조휘의 곁에 있던 검신이 물었다.

"뭐가 이상하단 말이냐?"

"아니, 왜들 그렇게 두려워하시죠? 제 눈에 저들은 그저 가공의 인물처럼만 느껴지는데."

"가공의 인물?"

순간, 영원히 무감각할 것 같은 금천종의 얼굴이 수많은 동요로 일렁이기 시작했다.

[……과연 좌(座)에 이른 격을 지닌 자, 실로 무서운 존재로구나.]

금천종은 결심했다.

저자가 자신들의 허망한 존재력을 인식하기 전에 베어야 한다.

금천종이 거대한 금검(金劍)을 일으켜 그대로 조휘를 향해 횡으로 그었다.

검신과 마신이 경악하며 금천종의 금검에 맞섰다.

천하절대검벽(天下絶大劒壁)!

마환염천벽(魔環炎天壁)!

무림 역사상 가장 강력한 호신검공이 두 개나 현신했음에
도, 금천종의 금검에 닿자마자 처참하게 무너지고 있었다.

카카카카카캉!

화르르르르르!

한데 조휘는 무공으로 맞서지 않고 검천전능지체만 일으
킨 채 끈질기게 그런 금검을 관찰하고 있었다.

무량(無量)한 힘은 분명하다.

한데…….

'저게 뭐지?'

조휘의 감각권 내에 전해져 오는 수학적 원리는 '가상변위
(假想變位).'

저 금검의 엄청난 물리값에 대항, 평행하고 있는 힘이 언제
나 존재하며, 그 때문에 가상변위가 일어나 값이 늘 0이란 뜻
이었다.

조휘가 황당해하는 것은, 그렇게 가상변위(무한소)가 일
어나면 힘의 작용이 생길 수가 없는데, 즉 0인 벡터값으로 어
떻게 자연계에 힘을 행사할 수 있냐는 근본적인 의문 때문이
었다.

한데, 조휘가 그런 의문을 가진 순간 갑자기 금검의 기운이
씻은 듯이 사라져 버렸다.

금검을 펼치다 말고 멍하니 굳어 버린 금천종.

[⋯⋯인식했다고?]

극도로 당황하고 있는 금천종.

자신들을 허무로 인식한, 그 본질을 꿰뚫어 보는 상대에게
는 결코 이길 수가 없다.

그리고 자신들의 힘을 '허무(虛無)'로 인식할 수 있는 오롯
한 존재는 지금까지 오직 신좌(神座)님뿐이었다.

[무서워. 우릴 알아.]
[아버지를 보는 것 같애.]
[도망가자.]
[응.]

소동들의 신형이 마치 CG의 한 장면처럼 천천히 머리로부
터 아래로 사라져 갔다.

금천종 역시 조휘에 의해 존재력을 잃기 전에 천천히 자신
을 지워 가고 있었다.

멍하게 굳어져 버린 영계의 존자들.

분명 저들의 목적은, 자신들의 비밀을 함부로 발설한 천우
자를 징벌하는 것이었을 것이다.

한데, 이곳 영계까지 침범해 와서 그 목적도 이루지도 않고 줄행랑이라니!

"……어떻게 한 것이냐?"

검신의 질문에 조휘가 뚱한 얼굴로 대답했다.

"그냥 뭐랄까…… 저들의 힘이 '가상'이라는 것을 인식했다고나 할까요?"

그런 조휘의 말에 검신과 마신의 얼굴이 동시에 황당함으로 물들었다.

현대와는 달리 '가상'이라는 단어는 중원에서 자주 쓰이는 말이 아니었기 때문.

"허허, 가상(假像)이란 말은 실제처럼 보이는 거짓의 형상이란 뜻이냐?"

"네. 정확합니다."

"허어."

"그 무슨 말도 안 되는!"

그럼 자연경에 이른 두 신(神)의 천하절대검벽과 마환염천벽을 부순 금검은 뭐란 말인가?

그런 것이 가상일 리가 없었다.

침중한 얼굴로 고심하던 천우자가 입을 열었다.

"저들이 허상(虛像)이라……."

모든 존자들이 천우자를 바라보았다. 도력과 법술이 신의 경지에 이르렀던 천우자의 안목을 기대하고 있었기 때문이다.

"영혼이 없는 허수아비들이란 말인가."

조휘가 의문을 드러냈다.

"영혼이 없는 허수아비라뇨?"

"강신영환술(降神靈幻術)이라는 법술이 있다. 가공의 인격을 지닌 법체(法體)를 시전자의 의지로 빚어내는 술법이지."

조휘의 얼굴에 황당함이 서렸다.

가공의 인간을 창조해 낸다고?

도대체 법술이라는 것의 한계는 어디까지란 말인가.

"그런 강신영환술의 치명적인 단점이 있다. 기본적으로 그 법술은 가공의 존재를 실체의 존재로 인식하게끔 하는 현혹의 법술. 하지만 상대가 가짜라고 인식하는 순간 모든 존재력을 상실하지."

그런 천우자의 말에 마신이 가장 황당한 얼굴을 하고 있었다.

"제가 그럼 법술로 빚어낸 존재에게 죽임을 당했단 말입니까? 그게 말이나 되는 일이오!"

하늘에 이른 무공으로 강호에서 신이라고 불린 자신이 가공의 존재에게 죽임을 당했다는 것을 도저히 인정할 수가 없었던 것.

더욱이 무인이기 이전에 '사람'으로서의 자존심 문제였다.

"네놈은 강신영환술이 얼마나 대단한 술법인지 모르니 하는 소리다."

"예? 그게 무슨……?"

담담한 음성이었지만 경외 어린 얼굴을 하고 있는 천우자.

"강신영환의 법술을 현세에 실체화환 도인은 내가 아는 한 선도의 역사에서 전무하다."

"……."

선계에서 대선(大仙)이라 불렸던 자의 공언.

"보리달마조차 그 정도의 경지는 이루지는 못했을 것이다."

"예?"

이번에는 조휘가 두 눈을 동그랗게 뜨고 있었다.

사람의 알을 깨고 우주적 존재가 되었다는 보리달마조차 도달하지 못한 법술의 경지라고?

"강신영환술은 가벼운 법술이 아니다. 비록 '가상의 존재'이긴 하나, 그 존재를 인식하지 못하는 한 그야말로 '사람'이라 할 수 있지 않느냐? 이는 '존재'를 창조하는 신의 창조력에 근접한 법술의 경지. 그야말로 신의 경지라 할 수 있는 것이다."

"아!"

가상이긴 하나 현세에 한 '사람'을 구현해 내는 법술.

그제야 비로소 조휘가 고개를 끄덕이고 있었다.

"그러는 너는 도대체 무엇이냐?"

"네? 제가 뭘요?"

천우자의 강한 의구심.

"신의 경지에 이른 법술로 탄생한 존재들을 곧바로 '가상'으로 인식할 수 있는 네놈의 능력 말이다. 네놈은 도대체……."

천우자의 표정이 의구심을 넘어 서서히 두려움으로 물들어 가고 있었다.

"법술의 시전자와 동격에 이른 영격이 아니고서야 어떻게 그런……!"

조휘가 서둘러 고개를 저었다.

"아니, 그런 것이 아니라요. 이게 저의 검천전능지체라는 것이……."

이어 장황하게 이어진 조휘의 설명이 오히려 천우자의 의구심을 더욱 증폭시켰다.

"그 자체가 신에 근접한 능력이 아니고 무엇이겠느냐! 본 도는 그 능력을 너의 자력으로 이뤘다는 것을 도저히 믿을 수가 없다! 어떻게 사람의 눈으로 그런 것들을 볼 수 있단 말이냐!"

문득 조휘는 짜증이 났다.

이 영계로 오면서 모든 것이 뒤틀리는 느낌.

갑자기 무슨 신좌니, 가상의 인물을 창조해 낼 수 있는 법술이니, 온갖 해괴한 말들을 듣고 나니 정신이 사나워서 모든 것이 혼미할 지경이다.

"아, 어쨌든 달마의 환생자니 그딴 것들 저는 하나도 관심 없고요. 저는 그저 사업이나 열심히 해서 잘 먹고 잘살기만 하면 되는 인간이니까 괜히 저에게 뭔가를 시키려 들지 마세요."

그때 갑자기 조조가 조휘를 불러 세웠다.

"부탁이 있다."

"하!"

아니 내 삶에 상관하지 말아 달라고 말한 지 일 초도 지나지 않아 부탁을 늘어놓다니!

그래도 저 빌어먹을 독고의 존자들이 아닌 조가의 선조이기 때문에 조휘는 공손하게 대답했다.

"내게 관우(關羽)의 후손을 찾아 줄 수 있겠느냐."

"관우의 후손이요?"

"그렇다. 제발 그의 후손들을 찾아 다오."

조조의 입에서 '제발'이라는 단어는 처음 듣는다.

왠지 그의 절실한 마음이 느껴지는 조휘.

"찾아서 무슨 일을 하면 되죠?"

"내 말을 전해 주기만 하면 된다. 그리고 너를 통해 그들을 돕고 싶구나."

조휘가 흔쾌히 고개를 끄덕였다.

"그렇게 하겠습니다."

곧 조휘는 천우자의 법술을 빌어 마침내 현실의 몸으로 돌아갔다.

◆ ◈ ◆

조가대회장(曹家大會莊)에 모인 조휘의 동료들은 하나같이 피곤에 찌든 얼굴을 하고 있었다.

장일룡이 염상록을 힐끗 쳐다봤다.

"일찍도 출근했네? 그런데 왜 이렇게 죽을상이냐?"

"후…… 일찍 일어나는 새가 더 피곤한 법이지."

"음?"

자신이 알고 있는 명언하고는 괴리가 있었지만 굳이 틀린 말은 아니라 묵묵히 고개를 끄덕이는 장일룡.

"그래, 열심히 하는 모습 보기 좋다. 허구한 날 술이나 빨고 여자나 끼고 노는 사파 놈이 언제 이런 열정을 느껴 보겠냐?"

"충신 납셨네. 너 그러다 고생 끝에 골병난다?"

"낙이 오겠지 이 새끼야."

염상록이 음침한 눈을 하며 주위를 두리번거렸다.

"조휘, 그 인간 너무 믿지 마라. 그렇게 헌신하다가는 결국 헌신짝 되는 겨."

"이 새끼, 어디 가서 실없는 농담만 잔뜩 배워 왔네?"

빠각!

어느새 나타난 조휘가 그런 염상록의 뒤통수를 차지게 후려갈긴다.

"틈만 나면 뒤에서 날 욕하네?"

"뭐 싯펄! 내가 틀린 말 했냐! 이 악덕업자 놈아!"

"이놈이 뭘 잘못 먹었나? 왜 아침 댓바람부터 욕질이야?"

"후후, 가는 말이 고우면 얕보이는 법이지."

"……"

과연 사파 놈이다.

온갖 명언을 죄다 비트는 것을 보니 보통 심사가 꼬인 놈이 아니었다.

그때 진가희와 한설현이 대회장에 들어서고 있었다.

진가희는 화경에 이른 후로 나름 혈색이 좋아지고 있었지만 그래도 귀신 같은 얼굴은 여전했다.

"호호, 지각해서 미안해요."

"죄송해요."

한설현 역시 화경에 이른 후로 미모가 더욱 물이 올라 있었다.

그렇지 않아도 천하의 절색이라 할 수 있는 그녀의 미모가 더욱 빛을 발하니 장일룡은 그야말로 정신을 차릴 수 없었다.

장일룡이 붉어진 얼굴로 뒤통수를 벅벅 긁으며 한설현을 쳐다보고 있자, 곁에 있던 남궁소소가 그의 굵은 허벅지를 가차 없이 꼬집었다.

"악!"

"시선 처리 똑바로 못 하죠? 가슴 본 거 같은데?"

"아, 아닌데?"

"호호! 일룡 오빠? 제가 호구처럼 보여요?"

이미 한 시진 전부터 가부좌를 튼 채로 명상을 하고 있던 남궁장호의 눈썹이 꿈틀거렸다.

"말만 한 처녀가 못 하는 소리가 없다. 당장 한 소저께 사과 드리지 못하겠느냐?"

조휘가 동의한다는 듯 찌푸린 얼굴로 고개를 끄덕이고 있었다.

면전에서 상대방 가슴을 운운했으니 결례도 그만한 결례가 없었다.

"흥, 미안해요."

아니, 그건 어떻게 봐도 사과처럼 느껴지지 않는데?

공동의 적(?)을 둔 진가희가 남궁소소에게 다가가 팔짱을 낀다.

"우리 남궁 동생이 무슨 잘못했다고 그래요? 저 여우 같은 계집년이 동네방네 꼬리를 치고 다니는 게 잘못이지."

"가희 언니!"

와락 끌어안으며 서로를 위로하고 있는 그 꼴이 정말 가관이다.

아무리 한설현이 미워도 정(正)과 사(邪)가 저리도 친해질 수가 있나?

조휘가 눈살을 찌푸리다 문득 주위를 두리번거렸다.

"부회장님은 왜 이렇게 늦으시나."

언제나 가장 먼저 도착해서 전날의 결산 자료를 살펴보던 제갈운이다.

이렇게 늦을 리가?

한데 그때, 제갈운이 어느 한 중년인과 함께 대회장으로 들어서고 있었다.

의아한 표정을 짓고 있는 조휘와는 달리, 다른 동료들은 그를 한눈에 알아보고 있었다.

"감찰교위님을 뵙습니다!"

재빨리 일어서서 예를 갖추는 남궁장호. 장일룡 역시 익살스런 태를 벗고 정중하게 포권하고 있었다.

'감찰교위?'

고개를 갸웃하고 있는 조휘.

과거 제갈운의 직명이 감찰소교위였다. 그렇다면 무림맹의 인사란 말인가?

'가만?'

그러고 보니 자신이 부재중일 때 무황과 함께 조가대상회를 방문했던 자가 감찰교위였다는 것이 생각났다.

조휘도 뒷짐을 풀며 정중하게 예를 갖췄다.

"처음 뵙겠습니다. 조휘라고 합니다."

단백우가 묵묵히 고개를 끄덕이다 조휘의 동료들을 한 차례 훑어본 후 입을 열었다.

"허허, 가만 보니 정말 굉장한 조합이로군."

조휘가 의아한 표정을 했다.

"조합이라니, 그게 무슨 말씀이십니까?"

단백우가 쓴웃음을 머금는다.

"정파의 후기지수를 대표하는 소검주와 소제갈, 거기에 사파 흑천팔왕의 제자들, 더욱이 새외오패를 대표하는 북해의

111

후기지수까지······."

흠칫 놀라는 조휘.

저자가 진작부터 한설현의 정체를 알고 있었단 말인가?

하기야 상점들을 오가며 그만큼 얼음을 생산해 왔으니 그녀의 빙공을 본 사람이 너무 많았다.

무림맹 감찰원의 정보력에 포착되지 않는 것이 오히려 더 이상한 일.

"거기에 조가대상회의 회장······ 아니지, 이제 소검신이라 칭해야 마땅할 터. 어쨌든 자네는 또 정사중간(正邪中間)이지 않은가?"

소검신(小劍神)이라······.

조휘 역시 강호에 회자되고 있는 자신의 별호를 이미 파악하고 있었다.

"강호의 역사 이래, 이처럼 성향이 다른 후기지수들이 모여 회(會)를 이룬 것은 아마 처음일 것이네. 돌고 도는 은원으로 얽힌, 물과 기름과 같은 정, 사의 특성상 당연한 일이지. 한데 자네들을 보게."

"······."

"수백 년을 싸워 온 무림(武林)이 이곳에서만큼은 평화를 이루었군."

단백우가 다시 조휘를 진득하게 응시했다.

"이건 순전히 내 개인적인 감정이네만, 강호에 자네를 향한 부정적인 평가가 판을 친다 해도 나 단백우만큼은 자네에게서 강호의 희망을 본다네."

조휘를 향한 단백우의 낯 뜨거운 고백에 제갈운이 묘한 얼굴을 하고 있었다.

자신이 아는 단백우는 칭찬에 매우 인색한 인물이었다. 저렇게 살가운 말을 하는 인사가 아닌 것이다.

'조 소협의 호감을 사려는 것이군.'

단백우는 냉정하기 그지없는 인물.

소검신의 무위와 조가대상회의 실력에 대한 판단을 이미 마쳤을 터.

해서 맹령(盟令)이라는 수단으로는 결코 조휘를 길들일 수 없다는 결론이 섰을 것이다.

하지만 피식 웃어 버리고 마는 제갈운.

판단은 좋았지만 단백우는 조휘라는 사내를 몰라도 너무 모른다.

여타의 다른 후기지수들이라면 무려 맹(盟)의 감찰교위씩이나 되는 인사의 낯 뜨거운 칭찬에 한껏 들뜨겠지만 조휘에게는 어림도 없었다.

조휘는 결코 호락호락한 인물이 아니었다.

"칭찬으로 듣겠습니다. 그런데 무슨 일이신지?"

단백우를 응시하는 조휘의 두 눈이 날카롭기 그지없었다.

제갈운이 그럼 그렇지 하는 표정으로 기분 좋게 미소를 짓고 있었다.

'앗, 내가 왜⋯⋯.'

이건 마치 주군의 뛰어난 면모를 대하고 감탄하고 있는 느낌이다.

이미 이 소제갈이 조휘를 주군으로 여기고 있단 말인가.

"무슨 일이긴. 그저 조가대상회의 냉차나 한 잔 마시러 온 것뿐일세."

빙긋이 웃고 있는 단백우를 응시하며 내심 코웃음 치는 조휘.

포양호가 무슨 산서의 앞마당쯤 되나?

무림맹의 감찰교위라는 자가 이 먼 강서까지 아무런 이유도 없이 왔다는 것을 곧이곧대로 믿으라고?

"편하게 말씀하셔도 됩니다. 맹령을 가지고 오셨습니까?"

"허허, 사람 참! 차 한 잔 마시러 왔다니까?"

예예. 어련하시겠습니까.

끝내 속내를 드러내지 않는 단백우에게 짜증이 난 듯, 조휘가 얼굴을 찌푸리며 청소하고 있던 시비를 불렀다.

"여기 냉차 한 잔 주세요."

"예. 회장님."

시비가 공손히 물러나자 조휘가 다시 단백우를 바라봤다.

"그럼 냉차를 내오면 드시고 일 보시지요. 저희는 회의 때문에 이만."

조휘가 동료들을 훑어보며 목청을 높였다.

"자자, 다들 회탁으로! 회의 시작하자고!"

조휘의 동료들은 그래도 명색이 무림맹의 감찰교위씩이나 되는 인물을 저렇게 장승처럼 내버려 둬도 되나 싶었지만 일단 조휘의 명에 따르기로 했다.

"알겠어요."

"아, 알겠수 형님."

모두 자리에 앉자 조휘가 제갈운을 쳐다봤다.

"혈색이 안 좋아 보이는데 무슨 고민이라도 있는 겁니까?"

제갈운이 한숨을 후 하고 내쉬었다.

"아니 그걸 말이라고 해요? 저 요즘 두 시진조차도 못 자는 건 알고 계시죠?"

"두 시진?"

두 시진이면 현대의 개념으로 약 네 시간.

조휘가 의아한 표정을 지어 보였다.

"아니 그 정도 업무량은 아닐 텐데?"

"장난하세요?"

제갈운은 어이가 없었다.

조가대상회로 밀려오는 수많은 청탁과 소원 수리를 정말 몰라서 저러는 걸까?

이제 조가대상회는 두 개의 성(省)을 차지한 대(大)세력이었다. 웬만한 소규모 국가 정도의 상권을 좌지우지하고 있는 것이다.

흑천련이라는 세력이 무너지며 수많은 기득권이 교체되는 중이었고, 그 와중에 조가대상회와 인연을 맺기 위해 수많은 관부, 강호문파, 권문세족들이 줄을 잇고 있었다.

아무리 조가대상회가 거대한 세력으로 변모했다지만 그런 쟁쟁한 권력자들의 소원 수리를 모두 무시할 수는 없는 노릇.

가려서 받는다고 해도 하루에도 손님을 맞이하는 횟수가 최소 삼십 건 이상이었다.

그들의 요구는 대부분 조가대상회와 거래를 트고 싶다는 제안.

역시나 가장 황당한 자들은 관부였다.

일방적으로 물건을 납품하라고 통보를 하는 경우가 많아 이를 달래고 설명하느라 제갈운은 늘 진땀을 빼야만 했다.

제갈운의 긴 설명을 들은 조휘가 꽈득 이를 깨물었다.

"뭐라고? 이 새끼들이!"

무식한 장군부 출신의 권문세족들은 그렇다 치더라도, 먹물깨나 먹은 유자(儒者)들의 가문도 그런 깡패 짓을 한다고?

조휘가 버럭 괴성을 질렀다.

"거 좋은 본보기가 있잖아! 우리 조가대상회도 오늘부터 금은동홍청(金銀銅洪淸)으로 손님 받죠!"

제갈운의 황망한 음성이 이어졌다.

"아니, 그건 정파에서 압도적인 명성을 구가하고 있는 남궁세가라 가능한 거죠. 어쨌든 우리가 외견을 상회(商會)로 두고 있는 이상 그건 불가능해요. 귀족이나 강호인들이 상인을 어떻게 생각하는지 모르지 않잖아요? 아직 우리에게 그 정도 명망은 없어요."

안휘의 수많은 권력가들이 남궁세가의 금은동홍청의 배첩을 받아들이는 것은, 수백 년 전통의 명망, 그런 남궁세가의 위상과 헌신을 존중하기 때문이다.

한데 조휘가 펄쩍 뛰고 나섰다.

"아니 그 간악한 흑천련의 마수에서 이 포양호를 해방시켜 준 게 누군데?"

제갈운이 어처구니가 없다는 듯한 표정을 지어 보이다 또다시 한숨을 내쉬었다.

"진짜 똑똑한 것 같으면서도 한 번씩 무식하네요."

"뭐라고!"

결국 터져 버린 제갈운.

"아 거참 흑천련이 무슨 바보 집단인 줄 아세요? 그놈들이 오십 년 이상 강서를 먹고 있었는데 그게 아무런 수완 없이 가능한 일이냐고요."

조휘가 피식 코웃음을 쳤다.

"무공으로 협박이나 했겠지."

"와 진짜 무식해! 그들은 오히려 정파 세력보다 고관대작들을 더욱 철저하게 대접하고 관리해요! 오히려 고관대작들은 자신들의 권역 내에 정파보다는 사파가 자리 잡는 것을 훨씬 좋아할걸요?"

"음?"

"그들은 정파인들처럼 체면을 차리거나 말을 빙빙 돌리지도 않아요! 잡다한 일에 눈을 감아 주는 만큼 확실하게 이득을 보장해 주죠! 그야말로 사파다운 화끈함이죠!"

제갈운은 그간 수많은 일처리를 해 오면서 귀족들을 주물렀던 흑천련의 수완에 혀를 내두를 수밖에 없었다.

그들은 자신이 경험한 자들 중에서 고관대작들을 가장 잘 다루는 자들이었다.

"혹시 그거 나 들으라고 하는 소린가?"

딱딱하게 굳은 얼굴로 뒷짐을 지고 있는 단백우.

제갈운이 화급히 고개를 가로저었다.

"겨, 결코 아닙니다! 그저 사파 쪽의 수완이 좀 더 교활하고 능수능란하다는 그런 뜻입니다."

곰곰이 생각을 정리하고 있던 조휘가 별안간 남궁장호를 쳐다보았다.

그런 조휘의 뜨거운 시선에 왠지 흠칫하는 남궁장호.

"……또 무슨 말을 하려는 거냐."

"남궁 형!"

조휘가 갑자기 자신의 손을 부여잡자 남궁장호가 식겁하며 뿌리쳤다.

이제는 제법 조휘의 성향을 파악하고 있는 남궁장호는 벌써부터 불길한 기운을 가득 느끼고 있었다.

"회의에 별다른 안건이 없다면 이만 물러나겠다."

조휘의 표정이 묘해진다.

뭔가 당근을 주고 싶은데 저 공명정대한 포권충은 도무지 좋아하는 것이 없다.

장일룡이 대회장을 벗어나려는 남궁장호에게 말했다.

"요즘 뭐가 그리 바쁘시우?"

"가전무공을 다듬고 있다."

"호오."

그 순간, 조휘의 두 눈이 매처럼 빛났다.

"흠, 무공이라면 내가 도와줄 수도 있는데."

대회장의 문고리를 잡으려다 흠칫 멈춰 서는 남궁장호.

"……내 무공을 봐준다고?"

사실 조휘는 남궁장호의 입장에서 최고의 무공 사부다.

우선 세가의 어른인 봉공이니 외인이 아니라 가전무공을 토론하는 데 자유로웠고, 무엇보다 그의 경지는 절대경의 무극!

"대신 조건이 있는데."

눈살을 찌푸리는 남궁장호.

"조건?"

"응! 가주님을 설득해 줘!"

"아버지를?"

조휘의 다음 말에 남궁장호가 휘둥그레 눈을 떴다.

"남궁세가의 이전! 어차피 포양호에 더욱 먹을 게 많아졌는데 합비는 분타로도 되지 않을까?"

조가대상회의 명망으로 안 된다면, 남궁세가의 명망을 빌리면 그만이었다.

단지 손님을 받기 귀찮다는 이유로 수백 년 남궁세가의 터를 옮기려는 조휘의 얄팍한 심보에 제갈운의 턱이 쩍 하고 벌어졌다.

40 章.

40 章.

　조휘가 남궁세가의 이전을 언급하자마자 남궁장호의 미간
이 거칠게 찌푸려졌다.

　남궁세가가 무슨 일개 장원 규모도 아니고 안휘를 지배하
고 있는 거대 세가이거늘 어찌 저리 함부로 이전을 언급할 수
있단 말인가?

　하지만 갈등이 생길 수밖에 없는 것이 조휘가 당근으로 내
민 것이 다름 아닌 무공 지도였던 것.

　조휘는 칠무좌의 최정상급 고수와 비등한 경지를 이룬, 이
제 강호에서 소검신이라 불리는 자다. 아버지보다도 더욱 고
절한 경지를 이룩한 무인인 것이다.

게다가 그는 자신의 무공을 마음껏 드러낼 수 있는 가문의 봉공.

전 강호를 샅샅이 뒤져 본다 해도 그보다 더 완벽한 사부를 찾기란 어려울 터였다.

"남궁 형, 그렇게 인상 쓰고 화부터 내려고 하지 말고 냉정하게 생각해 보자구. 내가 가주님께 떼어 준 땅이 어디야? 자그마치 여일포야 여일포! 남창대여일(南昌大麗日)이란 말도 못 들어 봤어?"

남궁장호도 인정할 수밖에 없는 것이, 여일포는 그 너른 포양호 중에서도 가장 거대한 상권을 지닌 곳이었다.

사실 그 노른자 중의 노른자 땅을 조휘가 양보했다는 것이 지금도 믿기지 않을 정도.

"생각을 해 보라고, 남궁 형. 지금 남궁이 여일포를 제대로 활용하고 있어? 장원 하나 달랑 세워 둔 게 전부잖아? 그게 다 인적 자원을 제대로 투입하지 않아서 그런 거라고!"

"으음……"

조휘의 달변은 거침이 없었다.

"제대로 인적 자원을 투입해서 무관, 객잔, 여각, 주루, 상단, 표국 등 제대로 상권이 돌아간다고 생각해 보라구 남궁 형! 그 노른자 땅이 벌어다 줄 돈이 얼마겠어? 적어도 합비의 두 배는 될걸?"

"……"

"남궁세가도 이제 총단과 분타를 따로 두어 '가문'에서 '세력'으로 변모할 때가 됐지. 언제까지 안휘에서만 제왕 놀이를 할 거냐고?"

그 광경을 모두 지켜보고 있던 단백우는 기가 찼다.

분타를 저리도 아무렇지 않게 종용하다니!

가문이 '세력'을 자처하는 순간 어떤 일이 일어날 것인지를 전혀 고려하지 않고 있단 말인가?

그런 행동은 맹(盟)의 울타리를 벗어나겠다는 선포나 다름없는 터.

무림맹의 입장에서 가만히 놔둘 수 있을 리가 없다.

남궁세가는 오대세가를 이끄는 가문.

몇몇 가문이 남궁과 뜻을 합하여 무림맹으로부터 독립한다면 정파 세력이 두 개로 쪼개지는 사태가 발생하는 것이다.

남궁세가가 조가대상회의 매력적인 상품을 독점하고 있는 이상 그와 같은 일은 충분히 일어날 수 있는 일이었다.

이미 조가대상회는 그 고고하고 폐쇄적인 사천당가와 동맹 관계라 들었다.

도저히 이 회의를 두고 볼 수만은 없었던 단백우.

곧 그가 시비가 가져다준 냉차를 탁자에 내려놓으며 자리에서 일어났다.

"자네들…… 꽤나 위험한 발상을 하고 있군. 무림맹의 간부인 이 내가 있는 자리에서 '세력'을 자처하는 언사를 아무렇지도 않게 내뱉다니."

한데, 조휘가 천연덕스럽게 대꾸하고 나섰다.

"일부러 들으라고 한 소리였는데요."

"허! 들으라고 한 소리였다?"

무표정한 얼굴로 고개를 끄덕이는 조휘.

"어차피 우리 조가대상회가 강서를 경영하려면 세력을 자처하지 않고서는 불가능하지 않겠습니까? 일개 가문이나 상단의 이름으로 삼패천(三覇天)이 경영하던 땅을 수습할 수 있다는 게 말이 안 되지 않습니까?"

말은 맞는 말이다.

하지만 조휘의 말 속에 내포된 진의는 그야말로 위험하기 짝이 없었다.

"또한 저희가 세력을 선포하지 않는다면 이렇게 교위님과 같은 맹의 간부님들이 허구한 날 찾아와 저희를 괴롭힐 것이 뻔한데 그게 귀찮아서라도 세력을 자처해야겠습니다만."

단백우의 두 눈이 어둡게 침잠한다.

이것이 바로 단백우의 무서운 점.

노기로 벌떡 일어나 고함을 쳐도 이상할 것이 없는 상황임에도 그는 결코 냉정을 잃지 않는다.

"무력단이라고 해 봐야 흑천련의 오합지졸로 구성된 일개의 대(隊)밖에 없는 터. 급작스럽게 만든 조가천무대 하나만으로 정말 '세력'을 자처하고 유지할 수 있겠는가?"

조휘로서는 가장 뼈아픈 지적이었다.

사실 조가대상회는 외견만 그럴싸해 보일 뿐 제대로 들여다보기 시작하면 세력을 자처하기에는 아직도 엉성한 점이 너무나 많았다.

"당장 경계를 맞대고 있는 사천회(邪天會)는 어찌할 텐가? 흑천련이야 제대로 방비하지 못해 당했다지만 이제 그들은 조가대상회의 약점을 끊임없이, 제대로 공략할 것이네."

그 순간 조휘의 동료들 모두가 어둡게 안색을 굳혔다.

그렇지 않아도 제갈운이 얼마 전부터 조휘에게 계속 경고를 하던 와중이었다.

흑천련의 몰락 이후로 사천회의 첩자로 의심되는 자들의 행적이 강서 곳곳에서 발견되었다.

흑천련이 사라진 강서성을 그들은 무주공산(無主空山)으로 여기고 있을 터.

탐욕으로 가득한 사파의 또 다른 하늘(天) 사천회가 야욕을 드러내는 것은 시간문제였다.

한데 조휘의 표정은 일말의 동요도 없다 못해 오히려 편안해 보이기까지 하다.

"이제 제가 한 말씀 드려도 되겠습니까?"

"말하게."

문득 창밖의 북쪽을 쳐다보는 조휘.

"저는 제 별호에 새겨진 '검신(劒神)'의 위명을 최대한 활용할 겁니다. 매년마다 무림의 검종들을 모두 모아 논검대회를 개최할 것이며 가장 뛰어난 실력을 발휘한 검종에게는 검신의 권위로 무림제일검문(武林第一劍門)의 칭호를 하사하겠습니다."

"뭣이라……?"

갑자기 극도로 당황해하는 단백우.

조휘의 말은 중원의 모든 검종(劍宗)들을 자신의, 그러니까 검신의 권위와 영향력 아래 두겠다는 선포였다.

그것이 얼마나 두려운 말인지를 단백우는 너무나 잘 알고 있었다.

지금 조휘는 무황(武皇)의 압도적인 명성 아래, 고수들이 구름처럼 운집해 있는 무림맹을 흉내 내겠다는 뜻.

"아니 이, 이보게……!"

"또한 모든 검종들에게 '검신'의 검의(劍意)를 배울 기회를 줄 것입니다. 각 검파마다 촉망받는 후기지수들을 보내오겠죠. 그럼 우리 조가대상회, 아니 이 강서가 어떻게 될까요?"

검신의 유지를 잇기 위해 중원의 모든 검종들이 그야말로 구름처럼 운집할 터였다.

그들이 얻어 가는 것이 많으면 많을수록 이 강서는 중원 검종의 성지(聖地)가 될 터!

무당검종, 화산검종, 종남검종…….

구파에서 검종을 자처하는 문파들 모두가 검신의 전설적

인 명성을 동경하고 있는 마당.

검에 대한 검신의 권위는 그야말로 절대적인 것이었다.

이내 단백우의 얼굴이 악귀처럼 일그러진다.

"자네는 맹(盟)과 전쟁이라도 치를 참인가?"

조휘의 투명한 시선이 단백우에게 향했다.

"명분은요?"

"명분?"

피식 웃어 버리는 조휘.

"아니, 그렇지 않습니까. 중원 검종들의 입장에서 검신의 가르침이란 그야말로 강호의 홍복(洪福). 맹이 그것을 막는 다면 명분이 있어야 될 텐데요? 무슨 명분으로 막겠다는 건 지 도무지 이해가 안 돼서요."

"……."

그제야 단백우는 조휘가 어찌하여 안휘와 강서의 패자가 될 수 있었는지 뼈저리게 실감할 수 있었다.

외피만 후기지수로 둘렀을 뿐 자신이 아는 그 누구보다도 심계가 깊고 무서운 자였다.

반드시 이자를 막아야 했다.

맹의 무력(武力)을 써서라도!

그런 단백우의 속내라도 읽은 듯, 이내 조휘가 의념의 장막 으로 가리고 있던 자신의 무혼을 드러낸다.

가히 거대한 산악에 짓눌리는 듯한 무혼의 압박감이 단백우를 덮쳐 가자.

순식간에 그의 무복이 축축하게 젖어 든다.

"크윽!"

조휘의 무혼에 대항하려던 단백우가 크게 몸을 휘청거린다.

도무지 상상하기도 힘든 거력(巨力)!

삼 갑자에 이른 자신의 내공이 일거에 소모되었고 심력 역
시 물밀듯이 빠져나갔다.

가히 혼절할 것만 같은 탈력감이 몰아친 그때.

조휘가 다시 의념의 장막으로 자신의 무혼을 감추자, 단백
우가 겨우 탁자를 부여잡으며 거친 숨을 몰아쉬고 있었다.

"허억허억!"

조휘가 단백우에게 담백하게 예를 표했다.

"죄송합니다. 제가 또 살기(殺氣)에 바로 반응하는 체질이라."

"……!"

허탈하게 굳어 버린 단백우.

상대가 후기지수들 틈에 끼어 있어 잠시 깜빡 잊고 있었다.

그가 의념지도를 다루는 절대경의 고수라는 것을.

절대무혼의 고수 앞에서 살기를 드러내다니!

그 실체를 직접 겪고 나니 단백우는 도무지 동요하는 마음
을 다잡을 수가 없었다.

'맹주님 못지않다!'

아니, 오히려 무황의 무혼보다도 더욱 패도적이다.

결국 단백우는 조휘가 '세력'을 이끌 만한 사내라는 것을 인정해야만 했다.

"……실례가 많았소이다."

단백우의 갑작스러운 포권.

그리고 무거운 공대(恭待).

마침내 무림맹의 막강한 권력자가 조휘를 강호의 절대자로 인정한 것이다.

조휘의 두 눈이 날카롭게 빛났다.

저렇게 쉽게 자신을 낮추는 자는 오히려 불같이 화를 내는 자보다 더욱 무서운 법이었다.

하물며 그는 무림맹에서 막강한 권력을 지닌 감찰교위.

조휘는 더 이상 그를 자극하지 않기로 했다.

"아닙니다. 그냥 궁금했습니다. 맹의 입장이."

단백우는 그런 조휘의 대답에 한참 동안 서서 생각을 정리하다가 담담히 입을 열었다.

"……검신의 이름 아래 검종을 통합하는 일은 부디 재고해 주시오. 너무 급진적인 행사는 강호에 큰 혼란을 초래할 수 있소이다."

"으음."

한 차례 신음을 흘리던 조휘가 깍지를 끼며 고심에 빠지는 듯하더니 이내 가라앉은 눈빛으로 단백우를 응시했다.

"제가 강호의 검종들을 자극하지 않는 대가로 맹이 내밀

당근은요?"

조휘의 당당한 요구에 단백우는 장고에 빠져들 수밖에 없었다.

그는 자신의 권한으로 내밀 수 있는 최대한의 패가 무엇인지 연신 고민하는 눈치였다.

그렇게 그가 마음속으로 몇 가지 패를 정리한 후에 조휘를 바라봤을 때.

한없이 깊게 가라앉아 있는 그의 무심한 두 눈에 말문이 막혀 버렸다.

마치 자신의 패를 모두 들여다보고 있는 느낌.

"후…… 혹시 원하는 것이 있소이까?"

조휘가 천연덕스럽게 고개를 끄덕였다.

"네. 세 가지요."

"……세 가지씩이나?"

"제 요구가 무리하다고 생각되시면 언제든지 나가셔도 됩니다. 서로 이득도 안 되는 일에 굳이 힘을 뺄 필요가 없지요."

무려 강호의 검종들이 통합되는 행사가 걸린 일이었다. 협상이 끝나지 않는 한 결코 단백우는 이 자리를 박찰 수 없었다.

"경청하겠소."

담담히 고개를 끄덕이던 조휘가 결국 입을 열었다.

"첫 번째는 저희 조가대상회와 맹의 절대 동맹입니다."

동맹이면 동맹이지 '절대 동맹'은 또 무슨 뜻이란 말인가?

"알아듣게 이야기해 주시오."

"기한을 정하지 않는 동맹 관계입니다. 일방적으로 해제할 수 없지요."

대답이 너무 추상적이었다.

단백우는 단도직입적으로 현실적인 질문을 이어 갔다.

"단순히 무력 동맹인 것이오? 아니면 생사고락을 함께하는 동맹인 것이오?"

"당연히 후자죠. 모든 위협을 함께 헤쳐 나가고 이득을 나누는 관계인 겁니다."

"이득을 나눈다?"

사실 안휘와 강서를 차지한 조가대상회는 무림맹 못지않은 거대한 상권을 거느리고 있었다.

게다가 조가대상회는 강호의 문파가 아니라 상회를 표방하고 있는 상황.

조가대상회가 더욱 손해 볼 것이 많은 것이다.

"이해가 되지 않소. 이문을 나눈다면 안휘와 강서의 상계를 지배하고 있는 조가대상회 쪽이 더욱 손해가 아니겠소?"

황당하다는 듯한 조휘의 표정.

"아니 안휘와 강서는 왜 끌어들입니까? 그건 남궁세가와 함께 이룬 것이니 눈독 들이지 마시죠?"

"그럼……?"

이내 조휘가 대회장의 벽면에 걸려 있는 중원의 지도를 가리켰다.

"맹의 권역인 호북과 하남, 섬서와 산서 말입니다. 맹과 협의하여 진출하고 싶습니다."

"허!"

지금도 이토록 거대한데 그런 조가대상회의 덩치를 더 키우겠다고?

이건 강호 전체를 조가대상회의 상점들로 가득 채우려는 심보다.

"부, 불가하오!"

호북과 하남, 섬서와 산서에 조가대상회가 진출하면 맹의 영향력이 더욱 줄어들 것이 자명하다.

"이득을 나눈다니까요? 지레 겁부터 먹으시네. 잘 생각해 보십쇼. 결코 손해가 아닐 겁니다."

아니, 분명 손해다!

당장이야 막대한 이윤을 공유하겠지만 장기적으로는 분명 무림맹이 조가대상회에게 종속될 수밖에 없는 상황!

첫 번째부터 이런 엄청난 요구를 해 오는데, 두 번째, 세 번째는 또 뭐란 말인가?

"두 번째, 세 번째 요구는 무엇이오?"

조휘가 예의 화사한 미소를 지으며 말을 이어 갔다.

"헤헤, 관우(關羽)의 후손과 구천현녀경(九天玄女經)을 찾는 일입니다."

자신의 이득을 취하면서도 모든 귀찮은 일을 맹에게 떠맡기려는 조휘의 악독한 심보!

이 모든 광경을 영계에서 지켜보고 있던 존자들은 하나같이 혀를 내두를 수밖에 없었다.

묘한 표정으로 굳어 버린 단백우.

전혀 상황에 맞지 않는 그런 조휘의 요구에 단백우는 순간 뇌 정지가 올 수밖에 없었다.

'혹시 이놈이 날 시험하려는 건가?'

안휘와 강서를 집어삼킨 대상인(大商人)으로서 맹의 권역까지 욕심내는 것은 충분히 앞뒤가 맞아떨어지는 상황이었다.

한데 그렇게 엄청난 심계와 언변술로 자신을 옥죄어 오다가 뜬금없이 관우의 후손과 구천현녀경을 찾아 달라니?

도무지 그것이 동맹 관계와 무슨 상관관계가 있는지 그 의도를 파악할 길이 없었다.

하지만 금세 냉정을 되찾는 단백우.

드물긴 하나 오래된 집성촌을 수소문하다 보면 관우의 후손을 찾는 일이란 여반장처럼 쉬운 일일 것이다.

조금만 정보력을 펼치면 쉽게 할 수 있는 그런 일을 굳이 맹의 힘을 빌려서까지?

거기에 어떤 속뜻이 있단 말인가?

별의별 생각이 다 드는 단백우.

맹이라고 다 완벽한 것은 아니었다.

혹여나 강호에 공을 세운 협객 중에서 관씨(關氏) 성을 가진 이가 있었나?

분명 맹의 차별적인 행사를 힐난하려는 것이겠지?

그렇게 단백우는 맹으로 돌아가면 혹시나 포상을 누락시킨 자들이 있는지 다시 한 번 점검해 봐야겠다고 다짐했다.

한데 구천현녀경은 또 뭐지?

구천현녀경을 찾는 것은 도가(道家)들의 오래된 비원이라 들었다.

맹이 지나치게 화산파와 무당파 위주로 돌아간다는 지적이 꾸준히 있어 온 것은 사실.

아예 도가의 비원인 구천현녀경까지 찾아 주지 그러냐?

혹시 뭐 그런 비아냥인 건가?

좀처럼 감을 잡지 못하고 있는 단백우에게 다시 조휘의 음성이 들려왔다.

"무슨 의도를 찾고 계신 모양인데, 그런 것 없습니다. 단순하게 생각하세요. 그저 저로서는 여력이 없어서…… 맹은 인력풀이 장난이 아니지 않습니까?"

"……인력풀?"

"아, 죄송합니다. 조가대상회보다는 맹이 훨씬 규모가 크다는 말이었습니다."

허?

그럼 두 번째, 세 번째 요구는 단순히 평소에 개인적으로 희망했던 일이었단 말인가?

아니 무슨 무림맹이 잡다한 일을 처리해 주는 하오문도 아니고!

"싫으면 말든가요."

"이 새……."

순간 단백우는 또다시 상대가 절대경이란 것을 잊고 무공을 출수할 뻔했다.

"으으……."

그 어떤 일에도 감정의 동요를 보이지 않아 감찰원의 돌부처라 불렸던 단백우.

한데 그런 그가 이곳 조가대상회에 방문한 후로는 혼란스러운 감정에 도무지 마음을 가누지 못하고 있었다.

그가 평생토록 했던 감정 표현을 다 합한다고 해도, 오늘 이곳에서의 풍부했던 감정의 폭풍(?)을 이기지는 못할 것이다.

그렇게 감찰원의 돌부처, 감찰원의 장승이 겨우 마음을 추스르며 다시 입을 열었다.

"……이보시오. 맹은 그렇게 호락호락하게 돌아가는 조직이 아니오. 동맹과 같은 중요한 행사에 어찌 개인사를 결부시킨단 말이오?"

"네. 맹의 뜻이 그렇다면야. 잘 알겠습니다. 수고하셨습니다."

"아니 이 자식이!"

결국 참지 못한 단백우가 마치 무기라도 빼어 들 기세로 벌

떡 일어나자, 남궁장호와 제갈운이 의자를 박차고 나가 그를
부여잡았다.

"교위님 제발 참으십시오!"

"안 돼요 교위님! 칼 뽑으면 지는 거예요!"

조휘가 황당한 얼굴로 그런 남궁장호와 제갈운을 번갈아
응시한다.

도대체 누구 편이야?

그때, 진가희가 초승달처럼 변한 눈으로 단백우를 진득하
게 바라봤다.

"호호, 고수의 피만 준다면 제가 조휘 오라버니를 설득해
줄 수도 있는데."

"피……?"

음습하게 웃고 있는 창백한 진가희의 낯짝에 단백우는 진
심으로 소름이 돋았다.

갑자기 장일룡도 자신의 섬섬옥수(?)를 불끈 쥔다.

"거 조휘 형님도 그렇소. 사내들끼리 씨름 한 판, 술이나 한
잔 거나하게 어울리고 흉금을 털어 내면 그만인 것을 뭘 그리
골치 아프게 수 싸움만 늘어놓는단 말이우?"

동의한다는 듯 염상록이 낄낄거렸다.

"그게 바로 속 좁은 장사꾼들의 한계지! 괴물 같다가도 한
번씩 저놈은 영락없는 상인이라니까? 낄낄!"

조휘가 의념을 일으켜 염상록을 공중에 붕 띄웠다.

"형님 이 새끼야."

"니, 니미럴! 허공섭물을 이럴 때 쓴다고?"

갑자기 염상록이 허공으로 들려 올라가자 회탁이 장일룡 쪽으로 기울었다.

"어이쿠!"

이어진 남궁소소의 뾰족한 비명!

"아 그만해요 좀! 우리 일룡 오빠 다치잖아요! 애들처럼 다들 왜 그런데?"

남궁장호가 피식 웃었다.

웅 니가 여기서 제일 철없는 애새끼 같아.

이내 구석에 처박힌 염상록이 치욕적인 듯 부들부들 떨며 사슬낫을 빼어 들었다.

"싯펄! 구멍으로 빨려 들어가 한 줌의 혈수가 될지언정 도저히 자존심이 상해 못 참겠다!"

조휘가 얄밉게 웃었다.

"네놈 따위를 상대하는 데 무슨 거창하게 천하공공도씩이나. 덤벼!"

"으아아아악!"

염상록이 허연 콧김을 내뿜으며 조휘에게로 짓쳐 들자, 갑자기 그의 전면에 새하얀 얼음벽이 생겨났다.

쩌저저적!

콰쾅!

한설현의 도도한 얼굴이 쓰러져 있는 염상록에게 향했다.

"움직이지 마세요. 통째로 얼려 버리기 전에."

"와! 와 씨!"

털썩 주저앉은 채 조휘와 한설현을 번갈아 쳐다보며 서러운 듯 울먹거리던 염상록이 진가희에게 달려가 그녀를 와락 끌어안았다.

"가희야! 니 오빠 서럽다!"

"아이 참, 안 놔? 이거 놓으라고!"

대회장에 갑자기 몰아친 광풍(?)을 망연자실한 얼굴로 쳐다보던 단백우.

그런 그의 얼굴이 점점 흉신악살처럼 일그러진다.

'이 새끼들이…… 감히 무림맹을…… 이 단백우를……!'

단백우는 갑자기, 언제나 출중한 예법으로 포권을 건네 오는 무림맹의 후기지수들이 그리웠다.

무림맹을 얼마나 알로 봤으면 이토록 자신을 무시할 수 있단 말인가!

불같이 치미는 화를 도저히 참을 수 없었던 단백우가 자신을 붙잡고 있던 남궁장호와 제갈운의 손길을 뿌리치며 홱 하고 돌아섰다.

그 순간 또다시 들려온 조휘의 목소리.

"어디 보자. 개파대전(開派大典)을 언제 하는 것이 좋을까요? 이것저것 준비한다 하더라도 한 달 후면 충분할 것 같은데. 쇠뿔도 단김에 빼라고 강호의 모든 검문에 초청장부터 먼저 뿌리죠?"

조휘가 눈을 껌뻑이며 눈치를 주자 제갈운이 정신없이 고개를 끄덕였다.

"그, 그럴까요?"

뿌드득.

이 악물고 무시하려 해 보았지만 도저히 발길이 떨어지지 않는다.

그렇게 단백우가 제자리에 우두커니 서서 한참이고 부들부들 떨고 있을 때.

"이왕 이렇게 된 거 사파 쪽에도 우리 초청장 쫙 돌리죠. 어차피 우리 입장에서야 정(正)이든 사(邪)든 자신들의 권역을 교두보로 내주는 쪽에 붙으면 그만이잖아요? 호남이나 귀주도 뭐 괜찮은 상권이니까."

조휘가 사천회의 권역인 호남과 귀주를 언급한 그 순간.

단백우가 다시 획 하니 몸을 돌리더니 콧김을 내뿜으며 회탁으로 다가가 자리에 착석했다.

"그래 이 자식아 어디 끝까지 한번 해보자꾸나. 다시 말해 봐라. 뭐? 호남과 귀주?"

쩌억 하고 벌어진 남궁장호와 제갈운의 입.

그 고고한 무림맹의 감찰교위님마저 사파의 날건달처럼 만들어 버리는 조휘의 뛰어난(?) 처세술 앞에 이제는 차라리 존경하는 마음이 일어날 정도!

한데 조휘는 오히려 더 기꺼운 얼굴이었다.

"이제야 좀 사람답게 변하셨네. 체면을 걷어 냈으니 어디서로 흉금을 한번 털어 볼까요?"

살갑고 푸근한 미소를 건네 오는 조휘를 바라보며 단백우는 허탈한 심정으로 굳어 버리고 말았다.

처음부터 모두 저놈의 손바닥 안에서 놀아난 것이라는 것을 이제야 깨닫게 된 것이다.

이렇게 철저하게 주도권을 빼앗겨 버렸으니 이번 협상이 망한 협상이라는 것은 불 보듯 뻔한 일이었다.

◆ ◆ ◆

대회장을 빠져나와 후원의 뜰에서 협상의 결과를 기다리고 있는 조휘의 동료들.

"에? 그게 다 연기였다고요?"

제갈운의 질문에 염상록이 이마를 매만지며 피식 웃고 있었다.

"아이고 아파라. 응. 숨죽이고 지켜보고 있는데 갑자기 그녀석이 전음을 날리더라고."

"힛, 나한테도."

남궁장호가 얼굴을 일그러뜨리며 그런 염상록과 진가희를

번갈아 쳐다보았다.

"네놈들에게만 전음을?"

장일룡이 호탕한 웃음을 터뜨렸다.

"크허허! 나한테도 전음이 왔수!"

제갈운이 또다시 의문을 드러냈다.

"조 소협이 전음으로 뭐라던가요?"

그 질문에 염상록과 진가희, 장일룡이 동시에 대답했다.

"깽판!"

염상록이 혀를 날름거리며 사악하게 웃었다.

"그 두 글자를 듣는 순간 바로 알아차렸지. 뻔한 거 아니야? 무림맹 양반 속 좀 뒤집자는 수작이지."

모든 일이 자신들만 모르게 돌아간 것이라 생각되자 괜스레 서운한 마음이 일어나는 남궁장호와 제갈운.

그런 표정들을 읽었는지 염상록의 얼굴이 점점 익살로 물들어 갔다.

"허이구 그게 섭섭해? 예(禮)가 골수까치 치민 네놈들이 잘도 무림맹의 선배 앞에서 깽판 칠 수 있었겠다. 그런데…….."

염상록의 궁금증은 따로 있었다.

"혹시 한 소저도 그놈의 전음을 들은 거요?"

한설현이 가늘게 고개를 가로저었다.

"아뇨. 전 듣지 못했어요."

"와 씨! 그럼 그게 진심이었다고?"

입술을 꼬옥 깨물며 염상록의 시선을 외면하고 마는 한설현.

"와 진짜 얼음벽에 부딪혀 대가리가 깨지는 줄 알았는데!"

염상록의 얼굴에는 억울하고 서러운 빛으로 가득했다.

문득 진가희를 쳐다보는 염상록.

"가희야 우리 사귈까? 피 좀 빨더니 너 요즘 예뻐졌다?"

"닥쳐. 남은 부랄 터뜨려 버리기 전에."

"하……."

염상록의 공허한 시선이 허공을 갈랐다.

저기 머나먼 하늘을 나는 비둘기도 한 마리, 떠오른 태양도 하나, 저 높은 산봉우리도 하나 으으…… 사방이 하나다.

나는 평생 혼자 외로이 살 팔자란 말인가.

회탁에 별로 크게 다치지도 않은 것 같은데 연신 장일룡을 간호(?)하고 있는 남궁소소가 괜스레 더 밉다.

저 근육 돼지 새끼가 뭐가 좋다고!

흠, 나도 외공으로 몸이나 키워 볼까.

그렇게 연신 씁쓸한 얼굴을 하고 있는 염상록에게 한설현이 미안한 마음을 드러냈다.

"죄송해요. 전 정말 조휘 소협을 해(害)하려는 줄 알았어요."

순간 험악하게 눈을 부라리는 염상록.

"허이고! 그놈이 잘도 내 공격을 허용하겠다! 의념공 한 방으로 내 몸을 허공에 날려 버리는 놈이 그렇게 걱정되었소?"

"죄, 죄송해요."

당혹한 얼굴로 사과하는 한설현의 단아한 자태에 염상록
은 화를 내면서도 넋이 나가 버리고 말았다.

아아, 제발 그 고운 아미 찌푸리지 마시죠.

그 어여쁜 얼굴이 상하기라도 하면 어떡하라고!

설마 이 내가 고통을 준 겁니까?

"크윽! 잘못은 내가 했소! 한 소저를 상심케 한 것이 더욱
큰 죄요!"

"아, 아니에요."

장일룡이 혀를 차며 안쓰러운 표정을 했다.

"쯧쯧. 얼마 전부터 저놈 뭔가 이상하구만."

진가희가 코웃음을 치며 얼굴을 찌푸렸다.

"흥, 조휘 오라버니가 기루를 모두 없애 버려서 이 사단이
난 거예요. 여자를 못 만나니 미쳐 버린 거라고. 정 견디기 힘
들면 수음(手淫)이라도 하든가."

"야 싯펄! 그거 끊은 지가 언젠데!"

"풋, 어찌 개가 똥을 끊나."

"이 창백한 년이!"

그때, 저 멀리 조가대회장 쪽에서 감찰교위 단백우가 나라
잃은 표정으로 터덜터덜 걸어 나오고 있었다.

장일룡의 얼굴에 금세 화색이 돌았다.

"크흐흐! 결국 우리 형님께서 이기셨군!"

조휘도 단백우의 뒤를 따르다 그를 향해 정중하게 예를 올

리고 있었다.

"살펴 가십시오. 교위 어른!"

허나 단백우는 대꾸도 하지 않으며 다시는 보기 싫다는 듯
두려운 얼굴로 바삐 걸음만 옮길 뿐이었다.

그렇게 배웅을 마친 조휘가 동료들에게 다가왔다.

"어떻게 됐어요?"

제갈운의 질문에 조휘가 의미심장하게 웃어 보였다.

"아, 뭐."

꿀꺽.

모두가 침만 삼키며 조휘의 대답을 기다린다.

"빨리 말해 줘요!"

"아니, 어떻게 됐냐고!"

더욱 진해지는 조휘의 미소.

"강서에 무림맹의 지부가 들어설 겁니다."

순간 제갈운이 놀란 토끼 눈을 했다.

"맹이 지부를요? 그건 좀 이상한데?"

"아, 오해는 금물. 강서를 맹의 권역으로 삼는 개념이 아니
라 순수하게 사천회만 맞상대하는 개념이에요. 그들을 통제
하는 무림맹의 깃발도 제가 가질 겁니다."

현재 조가대상회가 세력을 자처할 수 없는 가장 근본적인
이유는 부족한 무력단 때문이었다.

한데 조휘는 그런 부족한 부분을 무림맹의 힘을 빌려 채워

버린 것이다.

"호오! 역시!"

"대단하오 형님!"

순간 조휘의 두 눈이 날카롭게 빛났다.

"그리고 맹이 우리의 개파대전(開派大典)을 허용했습니다."

"뭐, 뭐라고!"

"허!"

맹이 조가대상회의 개파대전을 수용했다는 것은 조가대상
회를 '상회'가 아닌 '세력'으로 인정했다는 말과 동일한 뜻.

서산으로 기울기 시작한 일몰을 담담한 얼굴로 응시하고
있는 조휘.

제갈운은 그런 조휘를 새삼 괴물 보듯 쳐다보고 있었다.

소검신(小劍神).

출도한 지 십 년도 채 되지 않은 그가 마침내 새로운 강호
의 패자(霸者)로 등극하고 있었다.

◆　◇　◆

조휘가 조가대상회의 간부들에게 개파대전의 준비를 명령
하자 이 소식을 접한 창천검협 남궁수가 대경하며 조휘를 찾
아왔다.

"조 봉공! 조 봉공!"

정갈한 자세로 두 자루의 조가철검(曹家鐵劍)을 벼리고 있던 조휘가 대회장 내로 들어서는 남궁수를 향해 예를 표했다.

"오셨습니까. 가주님께서도 소식을 들으셨군요."

남궁수가 조휘의 앞에 당도하자마자 거칠게 고개를 도리질했다.

"불가(不可)! 불가하네! 대관절 개파대전이라니! 어찌 조가대상회가 강호의 일패(一覇)를 자처한단 말인가!"

중원의 강호인들이 이와 같은 사태를 지극히 황당한 경우로 여길 것은 불 보듯 뻔한 일이었다.

어쨌든 외견상 조가대상회는 남궁세가의 휘하에 있는 상회.

한데 그런 휘하 상회가 남궁이라는 이름의 세가(世家)보다 더욱 상위의 개념인 '세력'을 자처하고 나선 것이었다.

남궁세가가 조가대상회를 막후에서 조종하여 강호일패(江湖一覇)의 야망을 드러낸 것이라 수군거릴 것이 너무도 뻔한 일.

명예로운 남궁수로서는 무조건 개파대전을 막아야만 했다.

한데.

"이미 맹과 협의를 끝낸 일입니다."

"맹과 협의를?"

남궁수는 쉽게 이해가 되지 않았다.

분명 맹은 조가대상회와 남궁세가를 동일하게 여길 터.

조가대상회가 세력을 자처하고 개파대전을 연다는 것은

남궁세가가 맹에 반기를 드는 것이라 생각할 것이다.

한데 그것을 맹이 재가했다고?

"네. 이미 맹과의 협의를 모두 끝낸 상황이니 심려치 마십시오. 또한 맹은 두 개의 무력대를 보내 강서지부를 설치할 것이라 약조했습니다. 대(隊)의 지휘권 역시 저에게 있습니다."

"지, 지부를? 지휘권까지?"

"네. 그러니 심려치 마십시오."

"허?"

대체 맹은 무슨 생각으로?

달랑 검 한 자루와 귀신같은 심계만으로 이 너른 강서를 먹어 치운 놈이다.

그런 조휘에게 일패(一覇)의 종주(宗主)를 허락한다면 얼마나 엄청난 일이 초래될지 감을 못 잡고 있단 말인가?

자신이 무황이었다면 결코 허락하지 않았을 일.

"저는 구파일방, 오대세가에 인맥이 그다지 없습니다. 최대한 성대하게 치르고 싶습니다. 가주님께서 좀 도와주십시오. 남궁세가의 권위와 명성이 필요합니다."

"……."

그 폐쇄적인 사천당가와도 연을 맺은 놈이 인맥이 부족하다고 말하다니.

순간 남궁수의 눈빛이 진지해졌다.

"대관절 조 봉공의 대계는 무엇인가?"

"대계(大計)라니요?"

"세력을 자처하는 것이 그리 간단한 일이던가? 조 봉공이 마음에 품은 정의는 무엇이며 대의는 무엇인가? 휘하들이 무엇을 보고 조 봉공을 따를 수 있단 말인가? 진정 종주의 위(位)에 오르겠다면 그 신념을 내게 보여 주시게."

남궁수의 진심 어린 음성에 조휘는 한껏 진중해진 얼굴이 되었다.

종주 된 자의 신념과 대계라.

사실 자신에게는 그렇게 대단한 신념이랄 것이 없었다.

처음에는 그저 그 지긋지긋했던 돈을 왕창 벌고 싶다는 생각뿐이었다.

그런데 그런 생각이 '다함께 잘 먹고 잘살고 싶다.' 정도로 변한 것이 전부였다.

농민들을 수탈하여 부를 축적하는 흑천련의 방식에 지극한 분노가 일어났던 것을 보면 확실히 자신은 악인(惡人)은 아니었다.

그래서 대곳간을 점령했을 때 가장 먼저 한 일이 농민들에게 흑천련의 곡식을 되돌려 주는 일이었다.

일단 지금으로서는 그 정도가 전부.

그것을 거창한 대의라고 말할 수는 없겠지만 말이다.

"일단 양민들의 눈물을 외면하지 않겠습니다."

그런 조휘의 담담한 얼굴을 남궁수가 뚫어져라 응시하고

있었다.

"뭐, 불의를 외면하지 않겠다거나 정의로운 협객으로 살겠다는 그런 입에 발린 소리는 하지 않겠습니다. 진심으로 일어나지도 않는 마음을 신념이라 포장해 봐야 금세 행동으로 드러날 테니까요. 단."

"……단?"

"내 가족, 내 친우, 내 동료, 내 수하, 내 직원만큼은 확실하게 보듬고 챙기겠습니다. 그들에게 해(害)를 입히는 자가 있다면 내 목숨이 다하더라도 반드시 처단할 것입니다. 이것만은 확실히 약속드릴 수 있습니다."

순간 남궁수는 피식 웃음이 터져 나왔다.

조휘가 여타의 후기지수들처럼 무림을 재패하겠다거나 사마외도를 척결하겠다고 거창하게 선언했다면 오히려 더 실망했을지도 몰랐다.

안휘와 강서의 상계를 먹어 치운 상황이니만큼 허세 섞인 망상을 외칠 만도 했으니까.

한데 조휘는 지극히 현실적인, 솔직한 답변을 내놓았다.

오히려 그것이 남궁수는 더욱 만족스러웠다.

"청춘(青春)은 때 묻지 않아 푸른 법이지. 그 생각이 부디 오래도록 유지되길 바라네."

"네?"

남궁수의 두 눈이 아련함으로 물들었다.

"조 봉공의 동료들 말일세. 그들을 지지하고 지키겠다는 조 봉공의 그 초심이 끝까지 이어지길 진심으로 바란다는 말일세."

"지극히 당연한 말씀입니다."

남궁수의 얼굴이 금방 고통으로 물든다.

"조 봉공은 이 내가 가주의 위(位)에 오르기까지 얼마나 많은 세가의 친족들을 잃었을 것 같나?"

"음……."

"그 수가 백(百)이 넘네. 놀랍지 않은가? 그까짓 가주가 무어라고 혈족들을 백이나 쳐 내야만 하는가?"

놀라운 말이었다.

남궁세가는 그 구성원들의 수가 오륙백 남짓.

고작 가주 다툼 때문에 그들 중 백 명이나 떨어져 나갔다니!

"그 때문에 나는 아들을 더 봐야 한다는 빗발치는 수뇌들의 아우성에도 장호와 소소로 만족했네. 나로 인해 또다시 세가가 비극을 겪을까 두려웠기 때문이지."

"아……."

"사람은 나이가 차면 찰수록 위계와 재력, 명예에 집착하는 법. 조 봉공의 동료와 수하들이 언제까지나 순수성(純粹性)을 유지하지는 않을 것이네. 곳곳에서 암투와 실력 행사가 벌어지겠지."

조휘는 당장은 상상이 가지 않았다.

장일룡과 제갈운이 핵심 요직을 두고 암투를 벌인다?

계열상주들이 핵심 상권을 두고 서로 아귀다툼을 한다?

단지 생각해 보는 것만으로도 조휘는 짜증이 밀려왔다.

"사람의 마음이란 것이 한쪽으로 기우는 것은 당연한 이치겠지. 허나 종주의 편애란 혈풍(血風)을 불러일으키는 법. 모든 이들을 지나치게 가까이하거나 멀리해서도 안 되네. 그래서 항상 외롭고 고통이 뒤따르지. 그런 자리가 세력의 종주. 정말로 후회하지 않을 자신이 있는가?"

"으음……."

근엄한 표정이 오히려 우스꽝스러운 지독한 포권충 남궁장호.

산법과 도해에 빠져 사는 것이 전부인 제갈운.

언제나 철없이 근육 자랑이나 하는 장일룡과 팽각.

탈탈 다리를 털며 실없는 농담이나 해 대는 염상록과 고수의 피나 쫓아다니는 진가희.

무엇이 그리 부끄러운지 항상 그 얼굴에 홍조를 그리며 자신과 시선조차 제대로 마주치지 못하는 한설현.

이게 자신의 머릿속에 있는 동료들의 이미지다.

한데, 그런 철없는 놈들이 권력을 다투고 암투를 벌인다고?

지금으로서는 도무지 상상도 되지 않았다.

그렇게 조휘의 얼굴에 가득 혼란이 새겨지자 남궁수가 예의 쓸쓸한 표정으로 다시 말을 이어 갔다.

"아직은 청춘이지 않은가. 언젠가 자네들도 가슴이 아닌 머리로 살게 될 걸세."

가슴이 아닌 머리로 살게 된다라.

남궁수의 그 말에 조휘는 기이하게도 가슴 한구석이 아려 왔다.

왠지 삶의 비밀을 미리 엿본 기분.

"골치 아프네요. 그냥 지금처럼 철없이, 재미있게 살고 싶은데."

"허허, 나도 그러고 싶네. 한데 이 늙은이를 보게. 조 봉공이 개파대전을 하겠다니 당장 새가슴처럼 달려와 무림맹의 눈치나 살피고 있지 않은가."

"……."

"이미 이 늙은이에게는 조 봉공의 웅심(雄心)에 함께 두근거릴 가슴이 없다네."

조휘는 그런 남궁수가 왠지 모르게 힘없는 노인네처럼 처연하고 불쌍하게만 보였다.

웃기는 일이었다.

칠무좌(七武座)에 이른 강호의 대검객이자 남궁세가의 가주가 불쌍하게 느껴지다니?

별안간 조휘가 주먹을 불끈 쥐며 소리쳤다.

"하이고, 죽을 날 받아 놓은 노인네처럼 그 죽을상은 뭡니까! 힘 좀 내십시오! 힘!"

"허허허!"

"그렇게 웃어야죠! 웃어야 복이 옵니다! 하하하하!"

활기차게 웃던 조휘가 문득 조가철검을 들며 진중한 얼굴을 했다.

"그 고고하고 도도한 소림과 무당, 화산 앞에서 당당하게 제 웅심(雄心)과 무도(武道)를 밝히겠습니다. 제가 비록 성은 다르다 하나 반은 남궁 사람이 아니겠습니까? 결코 세가의 명성에 누를 끼치는 일은 없을 테니 가주님께서는 심려 놓으십시오!"

"허, 허허허!"

남궁수의 웃음소리에는 기꺼움이 한껏 묻어나 있었다. 새삼 조휘의 포부가, 그 젊음이 부러웠던 것이다.

어느새 조휘가 꺼내 든 한빙주가 몇 순배 돌자 금세 의기투합의 장으로 변해 갔다.

조휘가 일으킨 강호의 파란 속에서, 이제 남궁세가도 본격적으로 함께 내달리기 시작한 것이었다.

41 章.

41 후.

혹천련이 몰락했다는 소문과 함께 조가대상회의 개파대전 소식이 눈부신 속도로 중원 전역으로 퍼져 나갔다.

강호인들은 조가대상회의 매력적인 상품들에 대한 소문은 익히 들어 알고 있었지만, 그런 조가대상회가 혹천련을 대체하는 강서 권역의 새로운 세력으로 거듭나리라고는 생각지도 못한 터.

물론 이런 소식이 처음 전해졌을 때는 비웃는 자들이 대부분이었으나, 또다시 들려오는 소문에는 모두 숨을 죽일 수밖에 없었다.

그들에게 날아든 소문은 조가대상회의 회장이라는 자의

159

별호였다.

소검신(小劍神) 조휘.

전설 속 검신의 검공을 일신에 아로새긴 젊은 검호의 등장에 전 강호가 흥분으로 휩싸였다.

그의 무위를 목격한 자들의 증언 속에서 온갖 전설적인 무공의 경지가 쏟아져 나오고 있었다.

의형검강(意形劍罡).

어검비행(御劍飛行).

이기어검술(以氣馭劍術).

능공천상제(凌空天上梯).

강서인들의 목격담이 진실이라면, 이는 강호의 대사건이었다.

지금까지 약관의 젊은 검호가 그와 같은 경지를 보인 것은 무림의 역사에 전무후무한 일.

당연히 강호인들은 조가대상회의 개파대전에 참가하길 희망했다.

단순히 개파대전을 축하하기 위해서가 아니라 소검신이라는 새로운 절대고수의 등장을 두 눈으로 직접 확인하고 싶었기 때문이다.

그렇게 모두가 눈치만 보고 있을 때, 별안간 무림맹주(武林盟主) 무황(武皇)이 가장 먼저 참가하겠다고 선언했다.

무림맹에서 날아온 그 소식이 시발점이 되어.

소림, 무당, 화산, 곤륜 등 구파 역시 일제히 참가 의사를 강호에 공표했고, 오대세가를 비롯한 수많은 군소문파들도 마찬가지로 동참했다.

전 정파가 들고 일어나 한 세력의 개파대전에 참가하겠다고 선언한 것은 수백 년 전 무림맹의 창맹(創盟) 이후로 처음 있는 일이라 할 수 있었다.

조가대상회의 총단 내원 앞.

개파대전의 준비로 분주한 인파들 틈에서 조휘가 연신 고래고래 고함을 지르고 있었다.

"어어! 거기는 폭죽 설치하지 말라고 했잖습니까!"

일꾼 하나가 온통 붉은 휘장으로 치장된 전각의 지붕 위에서 황망히 조휘에게 예를 표한다.

"죄, 죄송합니다! 회장님!"

눈살을 찌푸리는 조휘.

저 지붕 위에 폭죽을 설치했다가는 기껏 치장해 놓은 휘장들이 다 타 버릴 수도 있었다.

"다시 말씀드립니다! 휘장으로 꾸며 놓은 전각에는 폭죽 설치 금지! 아시겠습니까?"

"예! 회장님!"

조휘는 이왕 개파대전을 하게 된 거 남부럽지 않게 치르고 싶었다.

개파대전이란 것도 뭐 어떻게 보면 좀 규모가 큰 강호의 회식(?)이다.

원래 회식이란, 거창하면 거창할수록, 성대하면 성대할수록 분위기가 사는 법.

개파대전을 어떻게 치르냐에 따라 조가대상회라는 세력의 이미지가 결정된다. 쪼잔하게 아끼려 들 수가 없는 것이다.

그렇게 조휘가 일꾼들을 진두지휘하고 있을 때 제갈운이 헐레벌떡 뛰어왔다.

"헉헉! 잠깐! 잠깐만요! 회장님!"

다른 곳으로 발걸음을 옮기려던 조휘가 제갈운을 쳐다봤다.

"왜 이렇게 뛰어다니십니까?"

제갈운이 아직도 믿을 수 없다는 얼굴로 품에서 밀지(密紙)를 꺼내 들었다.

"헉헉…… 이것 좀 보세요!"

"음?"

제갈운이 꺼내 든 밀지에는 새하얀 백호 무늬가 선명하게 새겨져 있었다.

"백호(白虎)……?"

무림에서 백호를 상징으로 하는 문파가 있었나?

조휘가 고개를 갸우뚱거리며 밀지를 받아 들었을 때.

"사마세가(司馬世家)가 봉문을 풀었어요!"

"뭐, 뭐라고요?"

수백 년간 봉문한 채 강호에 일체의 간섭도 하지 않은 무신의 가문, 사마세가.

"그들이 우리 조가대상회로 오고 있다고요!"

당황으로 물드는 조휘의 얼굴.

"사마(司馬)가 우리 개파대전에 참가한다고?"

강호인들이 천하제일문(天下第一門)을 거론할 때 항상 전제로 까는 것이 있다.

'사마세가가 봉문(封門)을 풀지 않는다면.'

이것이 바로 새외대전으로부터 당대까지 이어지는 사마세가를 향한 세간의 평가다.

그 명성이 그야말로 '천마'의 마교와 맞먹는, 가히 정파의 하늘 같은 존재가 바로 사마세가다.

처참했던 새외대전을 단신으로 종식시킨 무신(武神), 그 위대한 무인의 가문.

이유는 아무도 모르나 새외대전 직후 그들은 봉문을 선언했고, 그 봉문이 수백 년이 지난 지금까지도 이어지고 있었다.

한데, 그 위대한 가문이 봉문을 깨고 강호 출도를 선언한 것이다.

'왜……?'

조휘는 쉽게 이해할 수가 없었다.

그 긴 세월 동안 강호에는 수십 차례의 크고 작은 위기가 있었으나 그들은 결코 강호의 일에 끼어들지 않았다.

한데 무림 역사상 정파 세력, 즉 무림맹이 가장 강성한 지금 같은 태평성대의 시대에 봉문을 깬다?

정도 세력의 수호자 역할을 자처하고 있는 무신의 가문이 이런 평화의 시대에 무슨 할 일이 있단 말인가.

-단순히 영웅들의 인력(引力) 때문만이 아닌 것 같구나.

담담한 천우자의 음성.

독고일가의 존자들은 자신들을 구속하고 있던 생령봉인술을 깨기 위해 막대한 영력을 소모해 가면서 혼세천옥의 능력인 '인과 조작'의 술법을 시전했다.

그러나 그런 인과 조작이 아무리 엄청난 술법이라고 해도 한 가문의 영속적인 신념을 깰 정도로 강력하다?

그런 현상은 누구도 장담할 수가 없었다.

'그럼 뭐죠? 봉문을 깬 것까진 그렇다 처도 왜 출도하자마자 기다렸다는 듯이 우리 개파대전에 참여하는 겁니까?'

-나도 모르겠구나.

순간 뿌득 이를 깨무는 조휘.

지금까지는 강호의 모든 이목이 조가대상회와 소검신에 쏠려 있었다.

한데 이런 타이밍에 뜬금없이 무신의 사마세가가 봉문을 깨고, 또 하필 조가대상회의 개파대전에 참가해서 수백 년 만에 그 위용을 드러낸다?

모든 강호인들의 시선이 조가대상회의 개파대전이 아니라

사마세가에 쏠릴 것은 불 보듯 뻔한 일.

아무리 생각해도 이건 자신의 행사에 재를 뿌리겠다는 소리다.

-멸(滅)! 다 쓸어버려라!

-모두 죽여 없애야 한다!

-원래 그치들은 그런 자들이다!

그렇게 조가의 선조들이 길길이 날뛰고 나섰을 때, 갑자기 조휘의 표정이 일변했다.

'가만? 잠시만요!'

이리저리 머리를 굴려 보니 그렇게 열 받을 상황만은 아니다.

사마세가의 엄청난 명성을 오히려 역이용할 방안 몇 가지가 머릿속에 떠오른 것이다.

그런 조휘의 생각을 읽은 조가의 선조들이 경악하며 혀를 내둘렀다.

-그런……! 허! 이 와중에?

-이, 이런 미친놈!

이 후손 놈은 겪으면 겪을수록 차라리 두려워질 지경이다.

검신의 걱정스러운 목소리가 들려왔다.

-차라리 무(武)로써 징치하여 무신가(武神家)의 자부심을 깨는 것이 어떠하냐?

'싫습니다!'

초를 치려고 작정하고 달려드는 놈들인데 그렇게 자비로운(?) 방식으로 대접해 줄 수는 없지. 후후.

무엇보다 자그마치 무신의 가문.

사마세가에 무황(武皇)이나 자하검성(紫霞劒聖)보다 더 강한 무인이 존재할 확률은 굉장히 높았다.

섣불리 무력으로 상대했다가 혹여나 패하게 되면 조가대상회의 개파대전은 그야말로 끝이었다.

그런 조휘의 생각을 읽었는지 검신의 허탈한 음성이 들려왔다.

-네놈이 이룬 경지를 그토록 자신하지 못하겠느냐?

'에이, 이제 겨우 절대의 무극에 불과한데요.'

그런 조휘의 대답에 검신이 어이가 없다는 듯 허탈한 웃음을 터뜨렸다.

-허허, 일평생 무(武)에 일로정진한들 절대는커녕 화경에 이르지도 못하는 자들이 부지기수거늘.

조휘가 피식 웃으며 대꾸했다.

'일반인들과 비교하지 마시죠.'

-지금 네놈의 무학은 단순히 경지로 구분하는 것이 무의미할 정도로 기오막측한 터, 스스로 자신을 가져도 되느니라.

검신의 검공과 마신의 마공이 정교하게 혼합된 조휘의 무공은 그야말로 무림사에 전무후무한 경지를 개척하고 있었다.

고금의 위대한 무인들인 검신과 마신이 진심으로 탄복할

정도이니만큼 조휘의 무공은 가히 천외천(天外天), 그 자체였다.

'흠, 일단 알겠습니다.'

그렇게 조휘는 한참 동안 생각을 정리하더니 멀뚱히 서 있는 제갈운을 응시했다.

"사마가 참여한다고 해서 달라지는 것은 없습니다. 일단 계획대로 진행하죠."

"아니, 당면한 문제부터 해결해야죠. 참가 의사를 표시해 온 만큼 배첩부터 보내야 하지 않을까요?"

조휘가 단호히 고개를 내둘렀다.

"아뇨. 보내지 않습니다."

"네?"

제갈운이 황망해진 표정으로 되물었다.

"무려 사마세가라고요! 천하제일가! 그런데 초대하지 않는다고?"

조휘가 피식 웃었다.

자신의 음모(?)는 배첩을 보내지 않는 것에서부터 시작한다.

"네. 그렇게 알고 처리하세요."

"하……!"

사마세가에 정식으로 배첩을 보내지 않는다면 막대한 후환이 조가대상회를 덮쳐 올 것이 분명하다.

"난 몰라요. 분명 전 지시대로 할 거예요. 나중에 책임을

167

물기만 해요."

"공증인이라도 세울까요?"

"아 몰라! 갈게요!"

음험한 미소를 지으며 멀어져 가는 제갈운을 한참 동안 쳐다보고 있던 조휘가 철검을 허공 위로 띄웠다.

철검 위로 뛰어오른 조휘가 문득 북편 하늘을 바라본다.

이제 그리운 사람들을 보러 갈 시간이었다.

◆ ◆ ◆

촤아아아아아아!

찰랑거리도록 가득 담은 수백 개의 물통들이 일거에 꽝꽝 얼어 버린다.

빙백신장 제오결 설설백천하(雪雪白天下)가 극성에 이른 것이다.

그렇게 한설백은, 어두컴컴한 석빙고의 중심에 우두커니 서서 회한 서린 얼굴을 하고 있었다.

아직도 믿을 수 없다는 듯 자신의 두 손을 이리저리 확인하고 있는 한설백.

그때, 저 멀리 계단 위에서 쪽문이 열리는 소음이 일더니 익숙한 음성이 들려왔다.

-식사요.

아직 음식을 확인하지도 않았지만 벌써부터 목구멍에서
신물이 올라온다.

굳이 보지 않아도 그 빌어먹을 만두라는 것을 알고 있었기
때문이다.

구운 만두, 찐 만두, 삶은 만두, 튀긴 만두, 볶음 만두, 삭힌
만두……

만두로 할 수 있는 요리가 이처럼 다양하리라고는 생각지
도 못했다.

처음에는 중원의 음식이란 것이 만두가 전부인 줄로만 알
았다.

하지만 가끔 특식으로 나오는 음식을 몇 번 접한 후로는 배
고픈 이리 새끼마냥 특식 날만 기다리게 되었다.

고작 음식 때문에 사람이 이렇게까지 비굴해질 수 있다는
것이 믿기지 않을 정도.

그래도 먹지 않고는 살 수가 없다.

그렇게 한설백이 묵묵히 계단을 오르며 쪽문 근처에 당도
했을 무렵.

세상이 끝날 때까지 열리지 않을 것 같던 석빙고의 거대
한 돌문이 굉음과 함께 열리기 시작했다.

쿠구구구구구!

돌문의 틈으로 엄청난 빛살이 쏟아지자 한설백은 순간적으로 시야가 마비될 지경이었다.

상쾌한 공기가 석빙고 내부로 흘러들어 오자 한설백은 감동의 얼굴로 굳어졌다.

아아, 이거야말로 살아 있는 세상의 냄새!

그로서는 실로 오랜만에 맡아 보는 세상 내음이었다.

"……오라버니!"

아직도 개지 않는 시야 때문에 얼굴을 확인할 수는 없었지만 틀림없는 동생의 목소리였다.

"……설현? 설현이냐?"

한설현은 봉사처럼 주변을 더듬거리며 다가오는 오라버니의 모습을 확인하고서 곧바로 눈물을 쏟아 냈다.

"흑흑! 오라버니!"

짓쳐 달려가 한설백을 와락 끌어안는 한설현.

이어 그녀는 오라버니의 행색을 살피다가 더욱 오열을 터뜨리고야 말았다.

푸석푸석해진 피부, 수척한 얼굴.

아무렇게나 거칠게 자라나 있는 수염과 지독한 악취.

북해의 모든 여인들이 한 번 보기를 갈망하는 선망의 대상이자, 북해가 자랑하는 절세의 미공자가 어쩌다 이 지경이?

곧 한설현이 표독해진 얼굴로 뒤를 돌아보았다.

"도대체 이게 어찌된 거죠? 오라버니를 가둬 놓는다는 말은 없었잖아요!"

조휘가 황당한 얼굴로 되묻는다.

"아니, 본인의 의지였거든? 이왕 수련할 거면 제대로 하고
싶다고 입구를 봉해 달랄 때는 언제고! 음식만 제공해 주면
된다면서!"

한설현이 오라버니를 쳐다봤다.

"그게 사실이에요?"

"그렇다. 다 내가 자처한 일이다."

"왜! 왜 그랬어!"

대답 없이 씁쓸한 표정만 짓고 있는 한설백.

한설현도 모르지 않았다.

북해의 마지막 후예라 할 수 있는 오라버니의 중압감을.

절대빙인을 향한 그의 광적인 집착은 소싯적부터 함께 자
라 온 자신이 누구보다 잘 알고 있었다.

하지만 그렇다고 이렇게 지독하게 스스로를 몰아붙이
다니…….

"음? 빙정(氷精)의 기운?"

동생이 내뿜고 있는 빙정의 기운 때문에 화들짝 놀라고 있
는 한설백.

그러고 보니 동생에게서 진무화의 기운이 느껴지고 있었다.

"빙인(氷人)? 설마 화경을 이룬 것이냐?"

"네! 오라버니!"

"허?"

지금까지 만년빙정과 함께 수많은 날을 피눈물로 보내며, 그렇게 와신상담 이룩한 자신의 경지와 비등하다고?

"조 소협께서 천빙령을 내어 주셨어요!"

"처, 천빙령을?"

크게 놀란 눈으로 굳어져 버린 한설백.

그 귀한 천빙령을 내준 것도 놀라운데, 도대체 그 양을 얼마나 취했길래 단숨에 빙인의 경지를?

어쨌든 북해인에게 천빙령이란 그 무엇과도 바꿀 수 없는 절대의 가치.

한설백이 조휘를 향해 정중히 포권했다.

"동생이 큰 은혜를 입었구려. 오라비로서 대신 감사드리오."

조휘가 뒷머리를 긁적이며 웃는다.

"하하, 뭐 다 같이 잘살자고 한 일인데 개의치 마시죠."

"천빙령은 중원인들도 눈에 불을 켜고 찾는 보물이라 들었소. 얼마나 어렵게 구했을지 짐작도 되지 않소이다. 정말 고맙소."

한설백이 계속 예를 풀지 않자 조휘는 이내 발걸음을 옮겼다.

"한 소저, 그럼 회포 나누시죠. 저는 이만 봉태현(鳳台縣)으로……."

"네 고마웠어요. 조 소협."

한설백이 그런 자신의 동생을 묘한 얼굴로 바라보고 있었다.

자신의 동생은 저렇게 얼굴을 붉히며 부끄러워하는 성격
이 아니었다.

한 번도 보지 못했던 그런 동생의 행동에 한설백이 조용히
읊조렸다.

"그에게 연심(戀心)을 품었느냐?"

"네 오라버니? 갑자기 무슨! 아니에요 절대!"

붉어진 얼굴로 극도로 당황해하는 한설현.

한설백은 자신의 동생이 어엿한 여인이 되었다는 것을 실
감할 수밖에 없었다.

"다 컸구나."

"……."

돌아가신 부모님들을 대신해 자신이 직접 키우다시피 동
생을 돌봤다.

그래서인지 사내를 알게 된 동생이 아쉬우면서도 대견했다.

"얼굴 봤으면 됐다. 그를 따라가거라."

"오, 오라버니!"

어느덧 길고 긴 계단을 내려가기 시작한 한설백.

그가 뒤를 돌아 한설현을 다시 응시했다.

"나는 절대빙인(絕大氷人)이 되기 전까지는 결코 이곳을
나갈 생각이 없다. 회포는 그때 풀자꾸나."

"오라버니!"

"네 녀석에게 부끄럽지 않기 위해서라도 수련에 박차를 가

할 것이다."

동생의 경지가 빙인에 이른 것이 대견하면서도 한편으로
는 더욱 자극이 되었다.

만년빙정을 확보한 이상 북해의 한을 푸는 것은 자신의 손
에 달린 일.

빙궁주가 되어 북해를 재건하려면 절대빙인을 반드시 이
루어야만 했다.

그것이 자신의 운명.

"두 번 말하지 않겠다."

한설현은 멀어져 가는 오라비를 슬픈 눈으로 하염없이 바
라보다, 결국 입술을 꼬옥 깨물며 발길을 돌릴 수밖에 없었다.

◆ ◈ ◆

대호산을 경계로 길게 이어진 관도를 지나 봉태현에 도착
했을 때 조휘는 절로 탄성이 튀어나올 수밖에 없었다.

"호오!"

일 년도 채 되지 않았는데 봉태현의 규모가 더욱 커져 있었
던 것.

그야말로 안휘철방 하나로 인해 마을 자체가 다른 마을이
되어 가고 있는 것이다.

가히 과거의 합비와 엇비슷한 규모!

아직 포양호의 철방이 제대로 자리를 잡지 않은 상황이라 거의 대부분의 철제 제품을 봉태현의 안휘철방에서 독점적으로 생산하고 있는 상황이었다.

특히 엄청난 부가 가치를 지닌 운차(雲車) 시리즈를 독점으로 생산하고 있으니, 그 부(富)가 봉태현 전체에 두루 미치는 것은 지극히 당연한 일.

이제는 봉태현의 현령이 합비성주보다 안휘철방주를 더욱 만나고 싶어 한다고 하니 안휘철방의 바뀐 위상을 실감할 수 있는 대목이라 할 수 있었다.

이 총관이 강서로 부임하면서 조휘의 아버지인 조순(曹順)이 안휘철방주의 위(位)에 올랐다.

그렇게 조순은 안휘철방주로서의 위세와 강서성에서 전해오는 조휘의 명성에 더욱 힘입어 그야말로 봉태현 제일의 유력자로 거듭나 있었다.

사람이란 으레 그렇듯 졸부가 되면 거만해지거나 사람을 업신여기는 등 인격이 변하게 마련인데 조순은 그렇지 않았다.

그는 늘 평소대로 검소했고 인정이 많았으며 나눌 줄을 알았다.

그런 조순의 호협한 인품 때문에 그의 주변에는 늘 사람으로 들끓고 있었다.

인산인해(人山人海).

마침내 안휘철방에 도착한 조휘는 순번표를 손에 쥔 수많은 손님들을 쳐다보며 말문이 막히고 말았다.

가히 그 수가 소림사를 향하던 수많은 향화객에 비견될 정도.

그 자그마한 철방이 이만한 규모가 되어 손님으로 들끓게 되었으니 조휘로서는 실로 감격적인 격세지감이라 할 수 있었다.

"잠시 길 좀 터 주십시오."

손님들 틈에서 순번표를 나눠 주던 조휘의 어머니 곡아영(鵠娥永)이 이내 조휘를 발견하고는 얼어붙고야 말았다.

"휘아야!"

버선발로 달려와 조휘를 와락 끌어안는 곡아영.

조휘가 활짝 웃으며 그런 어머니의 등을 쓰다듬었다.

"잘 지내셨죠?"

곡아영이 아들의 팔과 가슴 등 이곳저곳을 어루만지더니 눈물이 가득 맺힌 눈으로 다시 아들을 올려다보았다.

"어쩜 이리 더 여위였을까? 그간에 더욱 고생이 많았구나."

"어머니도 참. 고생은 무슨…… 그리고 내가 무슨 살이 빠졌다고 그래요?"

곡아영이 눈을 흘기며 아들을 책망하고 나섰다.

"이렇게 너는 하루하루가 달리 기도가 변하고 훤칠해지는데 도대체가 자주 볼 수 있어야 말이지! 사실은 네가 살이 찐 건지 빠진 건지도 모르겠구나! 이 나쁜 녀석 같으니라고…… 어?"

그제야 조휘의 뒤편에 서 있는 한설현을 발견하고서 놀란 토끼 눈이 된 곡아영.

"세상에 저런 빼어난 미모의 규수(閨秀)가……!"

무엇이 그리 부끄러운지 연신 발그레 홍조를 그리고 있던 한설현이 어색한 얼굴로 곡아영에게 예를 표했다.

"처음 뵈어요. 설풍한가의 설현이라고 합니다."

설풍한가(雪風寒家)?

곡아영으로서는 생전 처음 들어 보는 가문이었지만 이내 고개를 갸웃거리던 태를 풀고 활짝 미소를 지었다.

"반가워요. 어서 오세요. 저는 휘아의 애미 되는 사람입니다."

"네……."

한설현은 인자한 어머니의 얼굴, 그렇게 살가운 태가 잔뜩 묻어 나오는 곡아영을 바라보며 마치 눈물을 터뜨릴 것만 같은 얼굴을 하고 있었다.

왠지 돌아가신 어머니가 생각나 그리운 마음에 절로 눈시울이 붉어진 것이었다.

그때, 저기 멀리서 뾰족한 여인의 음성이 들려왔다.

"오라버니!"

그녀는 하나뿐인 조휘의 여동생, 조연이었다.

"휘아야!"

철방의 정문을 지키고 있던 조휘의 형 조혁도 환한 얼굴로 뛰어오고 있었다.

와락!

조연이 눈물을 터뜨리며 조휘의 품에 안기자 조혁이 호방하게 웃으며 검을 움켜쥐었다.

"하하핫! 없을 때는 그렇게 휘아의 욕을 하더니 막상 보게 되니 눈물을 터뜨리며 안기는구나!"

"시끄러!"

한 차례 큰 오빠에게 눈을 흘기던 조연도 한설현을 발견하자 두 눈을 동그랗게 떴다.

"우와! 엄청나게 예쁜 언니다!"

"허헐!"

가장 놀라고 있는 사람은 조휘의 형 조혁.

남궁세가는 늘 미인들로 붐빈다.

남궁세가의 자제들과 혼인을 희망하는 합비의 수많은 유력가 규수들이 하루가 멀다 하고 세가를 방문해 왔기 때문이다.

그렇게 남궁세가의 무사로 활동하며 제법 견문을 쌓아 왔다 자부했던 그로서도 실로 눈이 번쩍 뜨일 만한 미인이었던 것.

그야말로 저런 미모의 여인이 화폭 속이 아닌 실제로 존재한다는 것 자체가 믿기지 않을 정도였다.

조혁의 멍한 얼굴이 조휘를 향했다.

"넌 진짜……."

진짜 인정할 수밖에 없는 놈이다.

상재(商才)면 상재, 무재(武才)면 무재…… 하다 하다 이제 여복(女福)까지!

도대체 저놈의 한계는 어디까지란 말인가!

약간은 허탈한 표정이 된 조혁이 한설현을 향해 정중하게 예를 표했다.

"안녕하십니까, 제수씨."

"반갑…… 네?"

제수씨?

그대로 얼어붙고 마는 한설현.

"그런 거 아니야. 오해하지 마 형."

"오해?"

조혁이 고개를 갸웃거리며 다시 말을 이어 나갔다.

"네가 여인에 관심이나 있었던 놈이냐? 그런 놈이 생전 처음 집 안에 여자를 들였는데 연인이 아니라고?"

"뭘 여자를 집 안에 들여! 그런 거 아니야. 그냥 각자 볼일이 따로 있었지만 조금 계획이 틀어져서 함께 온 거니까 이상한 소리 좀 하지 말라고!"

여전히 미심쩍은 조혁의 표정.

"아닌데. 딱 봐도 뭔가 있는데."

"아니라고!"

분명 그런 관계가 아닌 건 맞는데, 그렇다고 저렇게 화를 내며 부정하니 괜스레 섭섭한 마음이 드는 한설현.

"여기서 이럴 게 아니라 어서 안으로 들어가자꾸나. 아버지께 인사드려야지. 아가씨도 이리 와요."

"예. 어머니."

"아! 네!"

조휘와 한설현이 어머니와 함께 철방으로 들어가자 조연이 조혁의 옆구리를 쿡 찔렀다.

"아이참! 그렇게 언니를 부끄럽게 하면 어떡해!"

"내가 뭘?"

"어휴, 이러니 여자를 못 만나지. 딱 보면 몰라? 아리송한 사이잖아!"

조혁이 황당한 표정을 했다.

"서로 좋으면 좋은 거고 싫으면 싫은 거지 아리송한 사이는 또 뭐냐?"

"어휴, 진짜 내가! 아니 그런 거 몰라? 서로 연모하지만 아직 확인은 하지 않은 관계!"

"음? 그게 뭐야? 좋아하면 좋다고 말하면 되지 참긴 왜 참아?"

"아, 네. 그러세요. 평생 혼자 사세요."

"요 조막만한 게!"

연예 고자 조혁으로서는 아무리 생각해도 이해할 수 없는 일이었다.

◆ ◈ ◆

조순은 땀을 뻘뻘 흘리면서도 철방 내부를 휘젓고 다니며 온갖 지도(?)를 늘어놓는 것을 쉬지 않고 있었다.

"빨리! 빨리 움직이지 못할까! 죄다 굼벵이를 먹은 게야?"

기산각의 일꾼 유소방이 얼굴에 죽을상을 그렸다.

"지금도 모두 충분히 바삐 손을 놀리고 있습니다, 철방대부님! 제발! 보채지 좀 마십시오!"

"이놈이? 하 해 봐."

"아, 아니 왜 또 그러십니까?"

"네놈들이 어제 진탕 술판을 벌였다는 걸 내가 모를 줄 아느냐?"

"그, 그걸 어떻게?"

기산각의 경험 많은 일꾼들은 어느덧 꽤 높은 월봉을 받게 되었다.

한데 높은 월봉이 꼭 긍정적인 효과로 이어지진 않았다.

살림살이가 넉넉해진 일꾼들 중에서 술과 도박에 빠지는 이가 많았던 것.

그래서 조순은 지난달부터 휴일 외에는 철저하게 금주(禁酒)를 명령했다.

술이 덜 깬 상태로 일을 하던 몇몇 일꾼들이 큰 사고를 친 게 이미 여러 번이었기 때문이다.

'도대체 어떻게 아셨지?'

일꾼 유소방은 이해할 수 없다는 듯한 표정이었다.

들키지 않기 위해 일부러 자주 가는 주루에도 들리지 않았다.

진가 놈의 집에 모여 몰래 먹었거늘!

한데 그 진가 놈이 축 처진 어깨로 철방주의 뒤편에서 고개를 떨구고 있었다.

'저 새끼가!'

다 불었단 말인가!

"철방령(鐵房令)에 의해 죄다 잘렸을 놈들을 겨우 용서하고 복직시켜 줬더니 그새를 못 참고 술판을 벌여?"

"죄, 죄송합니다."

"전부 나가! 기산각 생산 중지!"

"히익!"

또다.

철방주가 일꾼들을 죄다 내보내고 할 일이야 뻔했다.

또 네깟 놈들 다 필요 없다며 본인 혼자 다 하겠다고 밤새도록 망치를 두드리겠지!

그 망치 소리를 들을 때마다 일꾼들은 벌렁거리는 심장을 주체할 수가 없었다.

"방주님! 제가 잘못했습니다! 제발 한 번만 용서해 주십시오! 야 이 자식들아! 뭐 해? 빨리 무릎 꿇지 않고!"

"방주님! 잘못했습니다!"

"잘못했습니다!"

기산각 일꾼들이 하나같이 무릎을 꿇으며 조순의 바짓가랑이를 붙잡았지만 그는 아랑곳하지 않았다.

"놔라 이것들아! 놓으라고!"

그때, 조휘와 가족들이 어색한 얼굴로 기산각에 들어서고 있었다.

"아니 이 양반이! 또 시작이네 또 시작이야!"

헐레벌떡 뛰어가 일꾼들을 해산시키는 곡아영.

"그만 됐어요! 어서 일들 보세요! 아니 하루라도 그냥 좀 조용히 지나가면 안 돼요? 왜 조용한 날이 없어 이 양반아!"

"어허, 이 여편네가 또! 자꾸만 사내들 일에 이렇게 끼어들 거요?"

"뭐라고요? 사내들 일?"

조순이 곡아영의 매서운 눈초리에 애써 시선을 외면하다 조휘를 발견했다.

"이, 이놈!"

오랜만에 둘째 아들을 보았으니 반가워할 만도 한데 그는 오히려 노한 기색이었다.

쌩하니 달려가 조휘를 매섭게 노려보는 조순!

"네놈은 도대체 생각이 있는 놈이냐? 상회에서 통보해 오는 주문량은 터무니없이 늘어만 가는데 철방의 일꾼들을 죄다 강서로 빼 가 버리면 도대체 나보고 어떡하란 소리냐?"

조휘가 천연덕스럽게 대꾸했다.

"새로 고용하시면 되죠."

그 말에 조순의 이마에 불끈 핏줄이 돋아났다.

"그걸 말이라고 하는 소리냐! 초짜 하나를 제대로 된 일꾼으로 키우는 데 걸리는 시간이 얼만데! 바빠 죽겠는데 교육이나 하고 있으라고?"

"아니, 철방대부님들이 있잖습니까?"

하!

철방대부들도 칠 할이나 포양호로 데려가 놓고 저렇게 뻔뻔하게 나올 수가!

"어휴 말을 말자 이 녀석아."

"아니, 일 년 가까이 못 본 아들한테 할 말이 그거밖에 없으세요?"

결국 조순이 참지 못하고 폭발했다.

조휘의 머리를 향해 아버지의 거친 꿀밤이 강타했다.

빡!

"악!"

"자랑이다 이 녀석아! 아예 동네방네 나 내놓은 자식이요, 나 불효자요, 이제 본격적으로 떠들고 다닐 참이냐?"

와 씨 겁나 아파!

평생을 망치질로 살아온 장인답게 꿀밤에 담긴 아버지의 근력은 가히 외공의 고수 못지않았다.

"……그건 잘못했습니다."

"그래도 효(孝)를 영 잊진 않았구나."

"네? 갑자기 무슨?"

어느새 한설현을 발견하고서 푸근하게 웃고 있는 아버지.

"도저히 답이 없는 첫째 놈을 대신해 네가 먼저 이 아비에게 손주를 안겨 주겠다는 어여쁜 마음이렷다!"

"하아……."

이젠 해명도 하기 싫다는 듯 한숨만 내쉬고 있는 조휘.

한 번도 상상해 보지 못한 일을 들은 한설현도 지극히 당황해했다.

"저, 저흰 그런 사이가 아니에요! 어르신!"

"어허, 아버님! 아버님이라고 불러야지!"

"아, 아버님?"

"옳지! 아버님!"

"……."

한설현이 멍한 얼굴로 굳어 버리자 조휘가 재빨리 화제를 돌렸다.

"그나저나 아버지. 적당한 후임자를 찾을 수 있겠습니까?"

"후임자? 갑자기 그건 또 무슨 소리냐?"

"안휘철방주를 맡길 만한 인사가 있냐고요. 저는 철방대부님들 중에서 찾고 싶은데요."

"이 녀석이! 아직 나는 건재하다! 이렇게 팔팔한 나보고 은퇴를 하라고?"

"아니, 그게 아니라…… 죄송합니다. 제가 사고를 좀 쳤습니다."

황망한 얼굴로 굳어진 조순.

남궁세가의 창천검패를 받아 왔을 때도, 합비에 대상회를 일구어 냈을 때도 눈 하나 깜짝하지 않은 놈인데!

이 둘째 아들 놈이 제 스스로 '사고를 쳤다.'라고 자인하는 것은 오늘이 처음이다.

"도대체 얼마나 또 대단한 일을 벌였단 말이냐?"

"에, 그게……."

침을 꿀꺽 삼키는 조순에게로 조휘의 음성이 이어졌다.

"조가대상회가 무림의 세력이 되어 버렸습니다. 그래서 이제 저희 가족은 떨어져 살 수가 없습니다."

"뭐, 뭐라?"

조휘가 뒷머리를 긁적였다.

"헤헤, 절 노리는 강호인들이 점점 더 많아질 텐데 계속 여기에 계시면 제가 가족의 안전을 책임지기가 힘들거든요."

조휘의 가족은 모두 황당한 얼굴이 되어 버렸다.

아니 대상회(大商會)가 어찌 무림의 세력이 되어 버렸단 말인가.

조가대상회가 강호의 세력이 되었다는 사실을 조순은 쉽게 받아들이지 못하고 있었다.

그도 그럴 것이 본디 세력이라 함은 그 유명한 무림맹과 같은 거대한 집단을 뜻하는 것이 분명할진대, 한낱 상회와는 너무나 동떨어진 규모였기 때문이다.

하나의 가문에 불과한 남궁세가가 이 거대한 안휘성을 지배하고 있는 판국이며, 그런 안휘의 백성으로 살며 오랜 세월 남궁세가를 흠모하고 경원해 온 조순의 입장으로는 상상조차 하기 힘든 일.

무엇보다 그의 기억 속에 자신의 둘째 아들은 무인(武人)이 아니었다.

부모님이 걱정하실까 봐 조휘는 지금까지 형을 제외한 가족들에게는 단 한 번도 무공을 선보이지 않았기 때문이다.

물론 소검신의 위명이 전 강호를 위진하고 있다지만 강호인들에게야 발 빠른 소문이지 철방의 일꾼들에게는 그저 하늘 밖의 이야기였다.

조순의 얼굴은 여느 때보다도 진지해져 있었다.

"자고로 무인이라 함은 의(義)와 협(俠)을 지키기 위해서라면 목숨을 바치는 것을 망설이지 않는 사람들이라 들었다. 또한 명예를 지키기 위해서라면 살인도 주저하지 않으며 그렇게 온갖 은원으로 얽히고설켜 비정하고 무정한 세상의 사람들이라 들었다."

조순의 눈빛은 지독하게 가라앉아 있었다. 마치 자신의 둘째 아들을 투시(透視)라도 할 것처럼.

"한데 네가 무인(武人)이더냐?"

그런 아버지의 진지한 물음에 조휘는 단호하게, 망설임 없이 대답했다.

"예."

"예?"

또다시 황당함으로 물든 조순의 얼굴.

자신의 기억 속에 둘째 아들 조휘는 차라리 학사(學士)에 가까운 인재였다.

서책을 품에 안고 방에 들어가 사흘을 주경야독하면 이내 척척 글을 외던 아이.

조순이 휘황해진 얼굴로 다시금 조휘를 위아래를 살핀다.

'조가철검(曹家鐵劍)?'

그러고 보니 둘째 아들은 자신이 만든 조가철검을 허리에 차고 있다.

최고의 검을 주문하길래 필시 여느 장군부(將軍府)에 진상 하는 줄로만 알았거늘.

"보여 다오."

"예."

그렇게 말끔하게 대답하던 조휘가 이내 철검을 허공으로 띄웠다.

"웃챠!"

가벼운 도약으로 철검 위에 올라탄 그가 담담한 음성으로 다시 입을 열었다.

"이게 어검비행(御劍飛行)이라는 건데요. 전설의 검신 어른의 검공입니다. 아! 아버지는 모르셨죠? 검신 조천(曹天)

어른은 저희 선조님이십니다."

"……."

쨍그랑!

한 일꾼이 망치를 떨어뜨린 것을 시작으로 철방 전체가 찬물을 뒤집어쓴 듯한 적막으로 휩싸였다.

모두가 하나같이 쩍 하고 입만 벌린 채 멍한 얼굴이 되어버린 것.

그렇게 조휘가 검을 타고 철방 내부를 한 차례 빙 날아돌더니 다시 아버지의 앞에 섰다.

"이 어검비행이 말이죠. 이걸 펼쳐 보였던 검수가 무림의 역사를 통틀어도 셋 정도가 전부라네요. 당대에는 아마도 저하고 음…… 자하검성(紫霞劍聖) 정도면 가능하려나?"

"미, 미친놈!"

조혁이 그런 조휘를 미친놈 보듯이 쳐다보고 있었다.

어검비행술을 펼쳐 보이는 신위는 분명 전설적인 초극고수의 면모로 손색이 없었다.

한데 그 모습에 도무지 품위나 겸양이라고는 찾아볼 수가 없으니 황당하기가 이를 데 없었기 때문이다.

강호풍운록에서 언급되던 전설의 초극고수는 저런 모습이 아니었다.

극한의 상황에서도 끝까지 자신의 힘을 서푼 숨기는, 그야말로 비정하고 냉혹하며 철두철미한 무인들.

하지만 조휘의 풍모(?)는 너무도 판이했다.

당연하게도 그럴 수밖에 없는 것이, 늘 자신의 개성과 능력을 PR하며 어떻게든 스펙을 쌓고 표출해야 살아남을 수 있는 시대, 즉 현대인의 성향을 지니고 있었기 때문이다.

탁.

조휘가 가볍게 지면으로 내려와 철검을 회수하더니 아버지를 바라보며 이내 익살스런 미소를 지어 보였다.

"확인하셨죠? 저는 확실한 검수(劍手)입니다."

검수가 아니고 검선(劍仙)이겠지 이놈아!

조순은 당최 이 사실을 어떻게 받아들여야 될지 갈피를 잡지 못하고 있었다.

하지만 검을 타고 날아다니는 모습을 직접 두 눈으로 본 마당.

결국 조순은 조휘에게 두 손 두 발 다 들고야 말았다.

"짐 쌉시다."

"네?"

아내 곡아영이 멍하게 굳어 있다 화들짝 놀랐다.

"이놈이 우릴 짐짝이라 하지 않소! 짐짝 취급당하지 않으려면 제 품으로 가 줘야지."

"여보! 그래도……!"

"허참, 아들이 검을 타고 날아다니는 걸 보고도 미련을 버리지 못하겠소?"

봉태현에서 사십 년이 넘게 지내 온 세월이었다.

조순은 그런 고향의 정겨움을 모르지 않았으나 아들의 앞
길에 걸림돌이 되긴 싫었다.

"내 꿈도, 지금 우리 가족의 행복도 모두 이놈이 이루어 주
었소. 나는 지금 죽어도 여한이 없으이."

"여보……."

"그런 아들의 행보에 아비인 내가 돌부리가 되긴 싫소이다."

"……."

부모님의 대화를 들으면서 조휘는 자신이 불효자라는 것
을 뼈아프게 실감해야만 했다.

부모님들에게 봉태현은 정겨운 고향이자 무엇과도 바꿀
수 없는 소중한 추억.

자식 된 자가 그런 부모님의 추억을 앗아 갔으니 앞으로 천
길을 효(孝)로 갚아도 모자랄 것이다.

하지만 돌이킬 수 없는 후회로 남는 것보단 나은 법.

비정한 강호의 세계에서 본격적으로 세력을 자처했으니
앞으로 쌓일 은원이 얼마나 될지 짐작조차 할 수 없었다.

그 은원의 회오리 속에서 가족을 지키려면 반드시 총단으
로 부모님들을 모셔야 했다.

'죄송합니다.'

그런 침울한 신색도 잠시, 조휘는 금방 활기찬 얼굴이 되어
어머니를 닦달했다.

"아 배고파, 둘째 아들이 이 먼 길을 왔는데 밥은 언제 줄

겁니까?"

"어머, 내 정신 좀 봐! 아가씨도 시장하시죠?"

"아, 아니에요."

곡아영이 황급히 사라지자 조순이 조용히 조휘를 불렀다.

"한데 검신이라는 전설적인 무인이 우리 조가의 선조라는 말은 또 무엇이냐? 조천이라고?"

"아버지, 제가 또 운 하나는 겁나게 좋지 않습니까? 기연을 얻지 못한다면 그건 강호인이 아니죠! 그게 어떻게 된 거냐면……."

그렇게 조휘가, 의천혈옥의 비밀은 건너뛴 채 검총(劍塚)의 이야기부터 늘어놓자 조순과 조혁이 귀를 쫑긋 세우며 집중하기 시작했다.

42 후.

　조휘가 가족들과의 재회를 뒤로하고 다시 관도 변에 들어
섰을 때 한껏 아쉬워하는 한설현의 목소리가 들려왔다.

　"……좋은 가족을 두셨네요."

　한설현은 곡아영과 함께 여인들의 이야기를 밤새도록 마
음껏 할 수 있었다.

　결국 한설현은 곡아영과 정이 붙어 버린 터라 며칠 더 묵고
싶었지만 연신 길을 재촉하는 조휘 때문에 그 뜻을 이루지 못
했다.

　과일을 깎아 주며 살갑게 웃어 주던 곡아영의 인자한 얼굴
이 아직도 그녀의 머릿속에서 떠나질 않았다.

"네. 좋은 분들이죠."

"……."

한설현은 그리운 어머니, 과거의 추억이 눈에 잡힐 듯 아른거려 가슴이 울렁거렸다.

결국 그녀의 눈물이 흘러내려 목젖 아래로 떨어진다.

툭툭.

입술을 꼬옥 깨물며 작게 울음을 터뜨리는 한설현의 모습은 그 어떤 사내의 심장도 무너뜨릴 만큼 처연한 자태였다.

"아니, 한 소저 갑자기 왜……."

당황해하는 조휘를 뒤로하고 어느덧 눈물 가득한 눈으로 북편 하늘을 응시하고 있는 한설현.

마른하늘에 심장 어택(?)을 당한 조휘는 어쩔 줄을 몰라 하고 있었지만, 그녀는 눈보라치는 북해(北海)의 하늘이 사무치도록 그리울 뿐이었다.

그녀의 시간을 방해하지 않기 위해 가늘게 한숨을 쉬며 한 발짝 뒤로 물러서는 조휘.

고향을 그리워하는 그녀의 마음을 왠지 조휘는 이해할 수 있을 것 같았다.

비록 좋은 기억은 그다지 없었지만 대한민국, 그 차갑고 냉혹한 서울이 그리운 것은 조휘도 마찬가지였으니까.

"검을 타 보겠습니까?"

"아, 아니요!"

조휘는 여정에 오른 처음부터 빠른 도착을 위해 한설현에게 함께 검에 오르자고 권유했지만 그녀는 한사코 거부했었다.

"저도 처음에는 적응이 잘 안 됐지만 막상 익숙해지다 보니 울적할 때는 검을 타는 게 최고입디다."

"……."

조휘가 손을 내밀었다.

"타시죠."

한설현이 망설인 것은 바로 이것 때문이었다.

무인으로서 어검비행을 체험할 수 있다는 것은 실로 대단한 일이지만, 반면 어쩔 수 없이 그와 몸이 밀착되어야 하지 않은가.

"전 지금까지 하던 대로 경공술(輕功術)로 뒤따르겠어요."

"후우."

또다시 한설현이 경공으로 자신을 따라온다면 속도를 낼 수 없다.

한시라도 빨리 포양호에 도착하고 싶었던 조휘가 낚아채듯 그녀의 손을 잡은 채 그대로 하늘 위로 솟구쳤다.

"하하하하!"

"꺄아아아악!"

그것이 한설현의 인생에서 첫 비행(飛行).

이때까지만 해도 그녀는, 조휘에게 수없이 검을 타고 싶다며 졸라 댈 줄은 꿈에도 모르고 있었다.

　강호는 개인이든 문파든 철저하게 실력 중심으로 돌아갔다.
　그것은 예(禮)와 의(義)를 중시하는 정파인들이라 할지라
도 예외가 될 순 없었다. 강호라는 세계의 생리가 원래 그러
하기 때문이다.
　어느새 포양호 변으로 각 대문파를 상징하는 깃발이 하나
둘 보이기 시작했다.
　가장 먼저 도착한 문파는 의외로 그 보기 힘들다는 사천당가.
　당가를 상징하는 오독기(五毒旗)가 포양호 변 대흑객잔 앞
을 지나자 모든 군소방파의 깃발이 일제히 몸을 사리며 물러
났다.
　이것이 강호(江湖).
　아무리 정의를 부르짖어 보았자 힘과 명성이 전제되지 않
는 협(俠)은 그 어디에도 설 곳이 없었다.
　너무도 당당한 그 모습이 다소 오만하게 느껴지는 당가의
고수들.
　가장 선두에서 고수들을 이끌던 암룡당주와 교룡당주가
이내 위풍당당하게 외쳤다.
　"일기당가(一己唐家)!"

홀로 우뚝 선 당가는.

당주들을 따르던 당가의 고수들이 일제히 고함친다.

"불망은원(不忘恩怨)!"

은혜도 원수도 잊지 않는다.

한 서린 그들의 외침에, 당가를 모르는 자들도 아는 자들도 모두 함께 숨을 죽였다.

당가를 모르는 자들은 그들의 처절한 선언에 놀라고 있었고, 그들의 독심(毒心)을 아는 자들은 두려움에 몸을 떨 수밖에 없는 것이다.

한데 그런 당가의 위풍당당한 기세에도 기울지 않는 깃발이 있었으니.

그 깃발에는 음양의 기운이 서로 교차하여 만물의 양생을 나타내는 태극 문양이 새겨져 있었다.

"남존!"

"무당파다!"

그것은 남존무당(南尊武當) 혹은 진무성검문(眞武聖劒門)이라는 별칭으로 익숙한 무당파의 깃발이었다.

북숭소림과 더불어 강호의 양대 명문이자, 중원의 검을 논할 때 반드시 그 명맥을 언급해야 하는 도교의 성지.

현 무림맹주인 무황 청운진인의 출신 문파이기도 한 무당파는 비록 당대에는 화산의 성세에 잠시 밀려나 있으나 오랜 명문으로서의 명성은 누구도 무시하지 못했다.

그것이 바로 그들이 사천당가의 오독기 앞에서도 몸을 숙이지 않는 이유.

곧 무당파의 행렬에서 선풍도골의 도인이 걸어 나와 사천당가의 행렬을 향해 다가갔다.

"무량수불, 본 도는 청허라고 하오. 이렇게 사천의 영웅들을 뵙게 되어 영광이로소이다."

청허진자(淸虛眞子).

그는 무황 청운진인의 사형으로 무당파의 당대 장문인.

비록 무황에 명성에 가려져 있지만, 그가 지닌 일신의 무위도 강호의 최정상급이라 할 수 있었다.

칠성에 이른 그의 태극혜검(太極慧劍)은 가히 전설적인 경지.

개파 이래 태극혜검을 칠성까지 연마한 무당의 검수는 채 스물을 넘지 않았다.

사천당가의 가주 당무호가 그런 청허진자를 맞이하며 정중하게 포권했다.

"장문인, 오랜만에 뵙습니다."

"허허, 과연 비룡제(飛龍帝). 무공이 더욱 고강해지셨구려."

청허진자는 가볍게 놀라고 있었다.

늘 칼날처럼 벼려져 사방으로 진득한 살기를 뿌려 대던 당가주 비룡제의 기도가 완전히 다른 사람처럼 바뀌어 있었던 것.

살기(殺氣)는커녕 모든 기운을 내부로 갈무리하여 깔끔하게 정제하고 있는 그 모습은 그가 또 다른 경지에 진입하고 있음을 증명하는 것이었다.

"기연이 있었습니다. 운이 좋았지요."

당무호의 기연이란 조휘와의 생사결투.

자신의 모든 것을 극한까지 짜낸 후 몸을 일으켰을 때, 엉망진창이 된 자신의 육체와는 달리 정신은 깨달음을 향해 달려가고 있었다.

"무량수불…… 허허……."

왠지 자조적인 얼굴로 씁쓸하게 웃고 있는 청허진자.

지금까지 사천당가의 약점은 단 하나, 그들의 엄청난 전투력에 비해 가주가 젊고 약하다는 것.

한데 보아하니 그의 만천화우에 엄청난 진전이 있는 듯 보인다.

이 말인즉 앞으로 당가에 절대경이 출현할지도 모른다는 뜻.

구파도 아니고 오대세가에 또다시 절대경이 출현하는 일은 무당파로서는 썩 달가운 일만은 아니었다.

한데 그때.

"하하하! 가주님!"

어느새 관도 어귀로부터 나타난 조휘가 당무호를 바라보며 호탕하게 웃고 있었다.

그의 곁에 있던 한설현이 그야말로 대례(大禮)라 불릴 정도의 예를 취했다.

"은인을 뵈어요."

"은인(恩人)?"

조휘가 당무호에게 다가가 귓속말로 속삭였다.

"가주님께서 주신 천빙령을 취한 여인입니다. 북해의 빙공을 익히고 있죠."

"오호."

당무호가 포권했다.

"그 예는 조 소협에게 표하는 것이 옳을 듯하오. 의기로서 행한 것이 아니라 그와의 거래 조건이었으니 말이오."

한설현이 조용히 고개를 끄덕이며 물러나자 그제야 당무호는 청허진자가 생각났다.

"장문인. 이쪽은 조가대상회의 조휘 소협입니다."

청허진자의 얼굴에 가볍게 놀란 기색이 스쳐 지나갔다.

이 청년이 소문의 소검신(小劒神)이라고?

그 별호에 소(小) 자가 들어가 있어 연배가 낮을 것이라고는 짐작했지만 이토록 젊은 청년이라고는 생각지도 못한 그였다.

"무량수불, 본 도는 무당의 장문령부를 맡고 있는 청허……."

"네 안녕하세요? 그런데 가주님 오랜만에 회포 푸셔야죠?"

당황해하는 당무호.

"조 소협?"

명색이 무당의 장문인이 인사를 건네는데 그 와중에 사담을 늘어놓다니!

"어허! 당가불망은원! 은인을 앞에 두고 이리 계속 서 있을
겁니까!"

어느새 객잔을 향해 저만치 달아나는 조휘.

"저저, 고얀!"

"뭐 저런 인사가!"

"무량수불! 실로 오만하도다!"

길길이 날뛰는 제자들과는 달리 청허진자는 화도 나지 않
았다.

지금까지 강호의 명숙으로 살아오며 이런 취급을 받은 적
이 단 한 번도 없었기에 그저 신선하기만 할 뿐.

"허어."

가늘게 한숨을 내쉬던 당무호가 어색한 표정으로 조휘를
따라나섰다.

조휘에게 무당은 불쑥 조가대상회에 찾아와 얼토당토않은
강짜 명령을 부렸던, 그다지 친해지고 싶지 않은 무황(武皇)
의 문파일 뿐이었다.

◆ ◈ ◆

조휘가 당무호와 함께 대흑객잔에 들어서자 주인장 엽호
의 얼굴에는 당황한 기색이 역력했다.

그럴 만도 한 것이 포양호 변을 죄다 조가객잔으로 덮어 버린 대상회의 주인이, 자신의 객잔에 가지 않고 경쟁(?) 객잔을 방문했으니 얼마나 놀랐겠는가.

조휘는 당금의 포양호 상계를 지배하는, 그야말로 태풍의 핵이라 할 수 있는 인물이었다.

"음."

조휘가 대흑객잔 내부를 잔잔한 눈으로 훑어보고 있었다.

탐이 난다.

대흑객잔(大黑客棧)은 그 이름에서부터 알 수 있듯이 오래전부터 흑천련의 비호를 받으며 성장해 온 객잔이다.

때문에 포양호 변에서 가장 목이 좋은 곳에 자리 잡고 있었고 숙수들의 솜씨도 대단해서, 팽창해 가는 조가대상회의 마수(?)로부터 유일하게 명을 이어 가고 있는 객잔이었다.

때문에 조휘는 직원을 보내 끈질기게 대흑객잔을 매수하려고 했지만, 주인장 엽호는 그야말로 요지부동이었다.

조휘는 그런 탐욕스러운 마음을 잠시 접고 다시 당무호를 쳐다보았다.

"혼자만 오셨습니까? 다른 가솔들은요? 오랜만에 만났는데 모두 함께 자리하시죠."

"그럴 것 없소. 조가대상회로 모두 보내고 오는 길이오."

조휘가 답답한 듯 쓰게 웃고 있었다.

도무지 이 당가 사람들은 호방함이라고는 없었다. 비록 강호가 냉혹한 세계라지만 어찌 이리 여유라고는 눈곱만큼도 없는가.

"그나저나 명색이 대무당파의 장문이오. 그리 취급하여도 되겠소?"

조휘가 피식 웃었다.

"뭐 도사들은 밥 안 먹고 술 안 먹습니까?"

"음? 그게 무슨 소리요?"

조휘의 웃음이 더욱 의미심장해졌다.

"가주님은 제가 거창하게 자랑하거나 내세우는 걸 좋아하는 성격처럼 보이십니까?"

잠시 생각해 보던 당무호가 쓴웃음을 머금을 수밖에 없었다.

저 나이에 절대경의 경지에 이르러 소검신의 명성을 떨치고 있었다.

동시에 안휘와 강서를 아우르는 대상회를 소유한 상계(商界)의 절대자다.

평범한 후기지수라면 그렇게 자신이 이룬 일에 오만할 법도 한데 조휘는 결코 그런 인물이 아니었다.

"조 소협이 그런 인물은 아니지."

"그런 제가 거창하게 세력을 자처하며 더욱이 개파대전을 치르면서까지 사람들을 모으는 이유가 무엇이겠습니까?"

곰곰이 생각해 보던 당무호가 방금 전 조휘의 말을 떠올리다 점점 경악의 얼굴로 굳어졌다.

"설마!"

"네. 맞아요. 이번 개파대전을 맞아 술, 음식, 운차, 무기 등 조가대상회의 총단 곳곳에 조가대상회가 자랑하는 상품들로 도배를 해 놨습니다. 그들에게는 가히 별천지의 신문물(新文物)이죠. 그들이 끝내 어떤 반응을 보일까요?"

"허……!"

이번 개파대전을 통해 조휘가 노리는 것은 여러 가지가 있겠지만 그중에서도 가장 심혈을 기울여 준비한 것은 거대한 규모의 PPL(product placement advertisement)이었다.

개파대전은 강호에서 벌어지는 행사 중에서도 가장 성대한 행사.

당연히 조휘는 이 절호의 기회를 놓치지 않았다. 개파대전에 초대형 광고를 접목시킨 것이다.

"눈이 돌아갈 겁니다. 제아무리 고고한 무당파의 도사들이라 해도 흑청수와 육겹면포를, 한빙주와 냉차를 맛보고 제정신을 유지할 수가 없겠지요. 구름 위를 걷는 듯한 마차를 몰아 보고 양질이지만 값싼 병장기들을 다뤄 본 그들이 빈손으로 돌아간다? 아마 저와 거래하기 위해 바짓가랑이를 붙잡으려 들걸요?"

순간, 당무호는 등줄기에서 좌르르 소름이 돋아났다.

섬찟하게 웃고 있는 조휘의 얼굴이 흡사 아수라(阿修羅)를 보는 듯했기 때문이다.

틀림없이 조휘의 공언대로 이루어질 일이었다.

사천의 철광석을 거래해 준 보답으로 조휘가 보내 준 조가 대상회의 음식과 술에 중독된 것은 자신도 마찬가지였으니까.

흑청수와 한빙주의 마력(魔力).

처음 삼켰을 때 느꼈던, 가히 정수리부터 발끝까지 관통해 오는 그 기적적인, 그 청량한 맛의 폭풍은 결코 잊을 수 없는 절대적인 것이었다.

지금도 사천당가는 철광석을 거래하면서 발생되는 이문을 고스란히 조가대상회에 바치는 형국이었다.

흑청수와 냉차, 한빙주는 기본적으로 냉음빙기(冷陰氷氣) 가 전제되어야 했다.

하지만 사천은 강서와 너무도 거리가 멀어 특수하게 설계 된 빙관(氷關)을 통해 운송해야 하기 때문에 조가대상회가 엄청난 운송 비용을 요구했기 때문이다.

하지만 어쩔 수 없는 것이, 이미 당가의 가솔들도 조가대 상회의 매력적인 상품들 없이는 살아갈 수 없는 몸이 되어 버 린 것.

이렇듯 그 폐쇄적인 사천당가도 눈 뜨고 코 베이듯, 알면서 도 당할 수밖에 없었던 것이 조휘의 마수였다.

지금 조휘는 그런 자신의 마수를 전 강호를 향해 뻗겠다는 선언을 하고 있는 것이다.

그것도 개파대전을 통해서.

당무호의 눈에 그런 조휘는 마치 괴물처럼 비치고 있었다.

강호가 조가대상회의 맛에 종속된다면?

단 십 년만 지난다면 이놈의 영향력이 얼마나 거대하게 변하게 될지 가히 짐작조차 할 수가 없었다.

절대경이라는 무공의 경지보다 그 가공할 상재(商才)가 더욱 두려운 놈이었다.

그럼에도 조휘는 당가에게 투쟁의 역사를 멈추게 해 준 은인(恩人).

그것이 그와의 거래를 멈추지 않은 원동력이었다.

"그나저나 내 조 소협에게 꼭 묻고 싶은 것이 있소."

"말씀하시죠."

"도대체 마교는 어떻게 돌아가고 있는 것이오? 정말 봉문을 한 것이란 말이오?"

처음에 조휘가 천마성이 봉문(封門)한 것이나 다름없다고 호언장담했을 때 당무호는 믿지 못했다.

천마성이 도대체 어떤 놈들인가?

언제 출현할지도 모르는 천마(天魔)에게 교두보를 바치겠다는 일념 하나로, 아무런 이득도 없는 머나먼 사천까지 와서 사백 년간 당가를 괴롭혀 온 잔인무도한 놈들이었다.

한데 그런 끈질긴 놈들이 조휘의 말대로 일거에 사라져 버렸다.

그들의 사천지부는 완전히 철수한 상태였고 청해와 서장

에서의 활동도 감지되지 않았다.

그렇게 당가는 모든 정보력을 동원해 천마성의 활동을 추적했으나, 그들의 영역인 신강(新疆)을 제외하고는 그 어떤 곳에서도 그들의 흔적을 발견할 수 없었다.

"도무지 이해가 되지 않소. 그들은 외부에 천마신교(天魔神敎)로의 개명을 알리고는 철저하게 신강을 벗어나지 않고 있소. 오히려 난 그 점이 더욱 불안해서 미칠 것만 같소이다."

조휘는 의미심장하게만 웃고만 있다가 이내 돌직구를 날려 버렸다.

"그게…… 사실 제가 천마(天魔)입니다."

"그, 그게 무슨!"

"제가 그놈들에게 신강 땅을 벗어나지 말라고 천명했거든요. 한 명이라도 신강 땅을 벗어나는 그 즉시 모두 죽여 버린다고 했으니 아마 그놈들은 결코 신강 땅을 벗어나지 않을 겁니다."

잔뜩 일그러진 당무호의 얼굴.

남은 진지해 죽겠는데 장난을 쳐도 유분수지 이 새끼가 지금 그걸 말이라고 하나.

당무호가 겨우 화를 참고 다시 입을 열었다.

"실없는 농담할 기분 아니외다."

"농담 아닌데요?"

"이, 이 새……!"

아니 검신의 후예라는 놈이 무슨 천마라니!

천하의 사천당가주가 무슨 강호초출처럼 보이나!

"제가 약속드리죠. 제가 그놈들과의 관계를 한 번은 정리할 것 같긴 한데, 그 전까지는 결코 아무 일도 일어나지 않을 겁니다. 만약 사천이 피해를 입는다면 조가대상회의 모든 활동을 멈추고 당가를 지원하도록 하죠. 제게도 사천의 철광석은 그 무엇보다 소중합니다."

"……."

조휘가 창밖 너머 서쪽을 응시했다.

"봉문이나 다름없는 명령을 내리고는 왔지만 생각해 보면 불안하긴 합니다. 아무리 그들이 서역(西域)으로 향하는 비단길을 장악하여 엄청난 이문을 벌어들이고 있다지만 그런 신강만으로는 십만이 넘는 교도들을 모두 먹여 살리기란 요원한 일이겠죠. 재물이 바닥난다면 어떻게든 폭발적인 힘을 사방으로 투사할 놈들입니다."

진짜 미친놈인가?

천하의 상재를 과시하다가 갑자기 저런 자의식 과잉, 과대망상증 말기라니!

당무호는 도대체 눈앞의 조휘가 어떤 인간인지 종잡을 수가 없었다.

"아니, 지금까지 제 말을 따르고 나서 가주님께서 후회한 일이 있습니까?"

"……."

물론 말은 맞는 말이다.

사천이 평화를 되찾은 사실 하나만으로도 조휘는 당가의 은인이라 할 수 있으니까.

허나 그 외의 모든 거래들은 찝찝하다.

분명 조가대상회의 물건들이 당가무사들의 사기를 올려주고 있으니, 단순히 금전적인 것만 따져서 손해를 입었다고 볼 수는 없었다.

그러나 조가대상회가 당가에 지불했던 철광석 매입 대금을 고스란히 이문으로 가져가고 있는 것도 사실이다.

양자 간의 거래라는 측면으로 볼 때 조금 손해를 보는 듯한 기분이 드는 것은 어쩔 수가 없는 것이다.

"후회까지는 아니나 그래도 불공평하게 느껴지는 건 어쩔 수 없는 것 같소."

조휘가 버럭 성을 냈다.

"뭐라고요? 무슨 불공평이요?"

"말이야 바른 말이지, 사실 조가대상회가 당가에게서 막대한 이득을 취하고 있는 것은 사실이지 않소?"

"우와! 우와! 우리 당가주님 그렇게 안 봤는데 조금 쪼잔하시네요?"

펄쩍 뛰며 눈을 부라리는 조휘를 바라보며 당무호도 함께 부리부리한 눈빛을 빛냈다.

"뭐? 쪼잔?"

"아니! 사람이 왜 그래요? 당인상 어른을 당가와 화해시킨 건 누구죠? 게다가 천마성의 사천지부가 철수한 것은 틀림없는 사실이잖아요? 고작 은자를 조금 손해 본다고 이 무형의 가치들까지 무시하시고 계신 겁니까?"

고작?

고작이라는 단어로 표현되기에는 너무 많다고 생각되지 않나.

말을 말아야지 어휴.

당무호가 씁쓸하게 웃으며 조휘를 외면했다.

어떤 자리, 어떤 상황에서도 명분과 실리를 귀신같이 거머쥐는 놈이다.

저런 놈에게 말로써는 도저히 이길 자신이 없었다. 차라리 무공을 겨루는 쪽이 더 희망적이리라.

그때, 대흑객잔의 주인장이 조심스럽게 다가와 조휘에게 말을 건네고 있었다.

"저기 조 회장님…… 주문은 어떻게……."

조휘가 투명한 눈으로 주인장 엽호를 응시했다.

"제 주문은, 제가 원하는 건 단 하나뿐인데."

단지 시선만 받았을 뿐인데도 마치 자신의 온몸이 해부되는 느낌이 든다.

엽호가 축축해진 등줄기를 느끼며 예의 영업적인 미소를

건넸다.

"하하, 그게 무슨 말씀이신지? 그럼 제가 오늘 들어온 재료들 중에서 가장 신선한 것들로만 골라서 숙수들에게……."

"얼마면 넘기실 겁니까?"

"……예?"

"대흑객잔요. 얼마면 되겠습니까."

와 이 끈질긴!

또 저 얘기다.

주인장 엽호가 갑자기 얼굴을 굳히며 냉정하게 잘라 말했다.

"그 말씀은 못 들은 걸로 하겠습니다."

"금화 삼천 냥."

"자꾸 그런 말씀을 하실 거면 나가 주십…… 네? 잘못 들었습니까?"

순간적으로 귀를 의심하게 되는 엽호.

"생각 잘해야 될 겁니다. 합비에서 화씨검문(華氏劍門)의 사업장들이 어떻게 망했는지 소문 잘 살펴보십쇼."

"……."

"아니면 편액만 바꿔 달아도 됩니다. 조가대상회의 휘하로 들어오는 방법도 있어요."

조휘가 대흑객잔을 차지하고 싶어 하는 근본적인 이유는 상인으로서의 욕심도 있었지만 이 엽호라는 자가 흑천련의 위세를 등에 업고 고리대금업으로 양민들의 고혈을 쥐어짰기 때문이다.

조휘는 양민들에게 악영향을 끼치는 흑천련의 떳떳하지 못한 사업장들을 모두 정리했지만, 그런 흑도의 분위기에 편승해서 함께 이익을 도모했던 상인들까지 강제로 징벌할 수는 없었다.

그랬다가는 자신 역시 또 다른 흑도(黑道)나 마찬가지였으니까.

"칠 주야의 기한을 드리겠습니다. 그때까지도 결정하지 못하신다면 제 실력을 보여 드리죠. 이번에는 살아남지 못하실 겁니다."

덜덜덜.

포양호의 상인된 자가 조가대상회의 소문을 들어 보지 못했을 리가 없다.

주변 상권을 압박하는 조가대상회의 확장력은 지금까지 중원의 상계가 겪어 보지 못한 종류였다.

"파, 팔겠습니다!"

금화 삼천 냥이면 삼대(三代)의 영화로움을 보장할 수 있는 엄청난 돈.

조가대상회를 상대하는 것보다는 차라리 그 돈을 얻고 물러서는 것이 더욱 옳았다.

사실 주변 조가객잔의 엄청난 저가(低價) 공세에 버티기도 힘겨운 마당이었다.

조휘가 예의 화사한 미소를 지으며 박수를 쳤다.

짝짝!

"옳은 결정 하셨네요. 조만간 저희 이 총관님이 찾아오실 겁니다."

"아, 알겠습니다."

그제야 조휘는 편안한 얼굴로 주문을 했다.

"소면 두 그릇과 화주 한 병 주시죠."

"예⋯⋯?"

거대 상회를 거느린 회장이라는 자가 고작 소면과 화주?

"빨리 주세요."

"알겠습니다!"

당무호는 그런 조휘를 바라보며 쓴웃음만 떠올랐다.

개파대전(開派大典).

스스로 강호의 종주를 선언하고 세력으로서의 위세를 과시하며 자신들의 웅심(雄心)과 신념을 만방에 고하는 엄숙한 행사.

때문에 포양호로 모여드는 강호인들은 조가대상회의 위세가 어느 정도나 되는지 그 실력을 살피느라 여념이 없었다.

기다랗게 줄을 지어 가장 먼저 조가대상회의 총단 입구를 들어서는 문파는 소림.

그들의 선두에서 무 자배를 대표해서 온 무각(無覺)이 고개를 갸웃거리고 있었다.

'음?'

조가대상회의 총단 도처에 걸려 있는 커다란 휘장(徽章)들.

휘장에 새겨진 표식들은 무각이 포양호 변을 지나며 수없이 보았던 조가대상회의 상징들이었다.

휘장들의 면면은 화려하기 그지없었다.

안휘철방을 상징하는 철마상(鐵馬象)의 표식과 조가양조장을 나타내는 호리병 모양의 표식.

또한 조가성심당의 복돼지 표식과 조가객잔의 산수도 표식 등.

조가대상회가 자랑하는 계열상들의 휘장이 각 전각의 첨각에 걸려 그 위용을 드러내고 있는 것이다.

그리고 그 모든 전각의 앞마당에는 각자의 상품들을 진열해 놓은 좌판이 수없이 늘어져 있었다.

더욱이 화려한 비단 자락들이 기다란 줄에 매달린 채 조가대상회의 하늘을 가로지르며 나부끼고 있었고, 엄청난 수의 유등(油燈)들도 그 줄에 함께 매달려 있어 보는 이로 하여금 감탄하게 만들었다.

하지만 무각이 그렇게 감탄하는 것도 잠시, 그는 마음속에서 솟구치는 의문을 도무지 참을 길이 없었다.

지금 자신이 바라보고 있는 풍경은 평소 상상해 왔던 개파대전의 모습과는 아예 궤를 달리했던 것.

차라리 이건 규모가 큰 야시장(夜市場)이라 칭하는 것이 더욱 어울리지 않은가?

그렇게 나한전 최고의 무승이라는 무각이 멍하게 굳어져 있을 때 무당파와 곤륜파, 아미파의 행렬이 동시에 조가대상회의 총단으로 진입하고 있었다.

"무량수불……."

"허어."

그들 역시 조가대상회로 진입하자마자 그 화려함에 감탄성을 내지를 수밖에 없었다.

그렇게 구대문파의 고수들이 입장하기 시작하자 도처에서 호객(?)하는 외침들이 불같이 일어났다.

"안녕하십니까, 안휘철방입니다! 안휘철방의 혼(魂)! 기술력의 극(極)! 마치 구름 속을 거니는 착각마저 불러일으키는 극한의 승차감(乘車感)! 극한정판 개천운차를 시승할 수 있는 절호의 기회! 선착순 오십 분만 급히 모십니다!"

"술맛이 다 거기서 거기라고요? 저희 조가양조장의 한빙주를 한번 맛보시면 그 생각이 달라질 겁니다. 북풍한설의 청량함을 느껴 보십시오. 새로운 주도(酒道)의 경지를 경험하십시오. 좀 더 격조 있는 분들께는 설화신주(雪花神酒)를 맛볼 수 있는 기회도 드리겠습니다."

"저는 기억합니다! 저희 조가성심당의 첫 손님께서 흑청수와 육겹면포를 맛보고 눈물을 흘리셨던 그 모습을! 입안을 희롱하는 맛의 기적! 중원 요리계의 혁명! 긴말하지 않겠습니다! 일단 드셔 보시면 압니다!"

"안녕하십니까 강호협사님들! 협사님들께서는 무공 수련에 지친 심신을 도대체 어디서 달래고 계십니까? 과연 삶의 질이란 무엇인가를 한 번이라도 고민해 본 적이 있으십니까? 여기에 그 철저한 고민의 증거가 있습니다! 저희 조가건설의 조감도를 살펴봐 주십시오! 오늘! 이 자리에서! 주거(住居)의 혁명을 보여 드리겠습니다!"

제법 오랜 시간 조휘에 의해 철저하게 교육받은 홍보생(弘報生)들!

저 살갑고 사람 좋은 표정들과 환심을 불러일으키는 목소리, 깔끔한 시선 처리, 적당한 몸짓 등.

그들은 그야말로 정해진 교본대로 최선을 다해 홍보에 열을 올리고 있었다.

"……"

"……"

하나같이 멍한 얼굴로 굳어 있는 구대문파의 고수들.

구파의 고수들 대부분은 일평생을 심산유곡에 처박혀 무공 수련만 매진해 온 순진한 사람들이다.

물론 개중에는 강호를 경험해 본 자들도 있었지만 그들로서도 이런 엄청난 광경은 일찍이 경험해 본 적이 없었다.

체면을 중요시하는 강호인들의 특성상 선뜻 먼저 나서는 자들은 없었지만 이런 점도 모두 조휘의 예상 안에 있었던 상황.

홍보생들의 뒤편에 시립해 있던 강빈관의 월봉제 죽순이들이 일제히 구파의 행렬 쪽으로 다가갔다.

"호호호! 대협님들! 한빙주 한 잔 맛보시러 오시와요!"

"호호! 운차 한 번도 안 타 보셨죠?"

월봉제 죽순이들이 자연스럽게 고수들의 옷깃을 잡아끌며 각자의 행사장으로 끌고 가자.

소림 나한전의 무각이 한껏 당황한 얼굴로 불호를 외웠다.

"아, 아미타불, 나는 승려요! 음주는 불가하오!"

엄정한 계율로 통제되는 소림.

"어맛! 내 정신 좀 봐! 그럼 한빙주 말고 흑청수를 맛보러 가 보실까요?"

"아, 아미타불……!"

무각은 코를 자극해 오는 여인의 분 냄새에 그야말로 정신이 하나도 없었다.

무각이 익히고 있는 나한기공(羅漢氣功)은 소림사의 대표적인 동자공(童子功)이다.

때문에 나한전의 무승들은 속세로 탁발을 나갈 때도 엄격한 계율로 통제되고 있었다.

여인을 가까이 하지 말라는 계율은 그들이 최우선적으로 지켜야 할 첫 번째 계율.

그도 그럴 것이, 동자공인 나한기공의 특성상 여인과 동침하는 순간 모든 공력이 흩어져 무인으로서의 생명을 잃을 수밖에 없기 때문이었다.

그런 무각으로서는 이렇게 가까이서 여인을 대하는 것이 처음.

"조, 좀 떨어지시오."

"아잉!"

"으헉! 아, 아미타불!"

순간적으로 무각은 항시 몸속에 지니고 있던 대침을 꺼내 그대로 허벅지로 꽂아 넣는다.

"아아, 그리 참으면 병나는데."

대침의 효과도 잠시에 그칠 뿐, 그는 결국 정신을 가누지 못한 채 죽순이에게 홀려 흑청수를 한 모금 들이켤 수밖에 없었다.

"꺼어어어억!"

갑작스럽게 트림이 튀어나와 놀란 토끼 눈으로 굳어 버린 무각.

그 청량하고 달달한 맛에 지극히 놀라 결국 그는 괴성을 내지르고 말았다.

"으아아아아!"

그런 무각의 옆쪽으로 개천운차가 달그락거리며 지나간다.

곧이어 마차의 창으로부터 새어 나오는 무당 장문 청허진
자의 감탄!

"무, 무량수불! 이런 부드러움이!"

"호호호! 이 기관을 작동시키면 지붕을 열고 상쾌한 공기
를 마음껏 마실 수 있지요!"

삐걱삐걱!

곧 운차의 지붕 전체가 뒤로 넘어가며 접히자 그 광경을 바
라보던 구파의 고수들이 한결같이 경악성을 내뱉었다.

"저, 저럴 수가!"

"허어! 아미타불!"

단 한 번도 접해 보지 못한 기상천외한 광경.

그들은 그렇게 조가대상회의 수많은 신문물을 접하며 연
신 감탄에 감탄을 거듭하고 있었다.

그때, 남궁장호와 장일룡이 장내에 나타났다.

"동천제왕가의 남궁 모가 강호의 대선배님들을 뵙습니다."

"선배님들 안녕하시우!"

남궁장호가 장일룡의 머리를 쿡 쥐어박으며 목소리를 낮
게 깔았다.

"그 무슨 버릇없는 인사냐?"

"악! 말로 하면 되잖수!"

장일룡이 머리를 매만지며 호기심 가득한 눈으로 나한승

들을 살피고 있었다.

자신 못지않은 우락부락한 나한승들의 강건한 위용에, 뱃속으로부터 치미는 승부욕을 참을 수가 없었던 것.

"크허헛!"

소림외공의 절륜함은 그야말로 무림의 전설.

장일룡은 소싯적부터 그런 소림의 금강역사들과 힘을 겨루는 상상으로 부푼 꿈을 길러 왔다.

"아미타불, 남궁세가가 자랑하는 소검주의 명성이 사해를 진동하는바, 과연 그 기도가 헌앙하기 그지없소이다."

남궁장호에게 예를 건네는 무승은 범(梵) 자배를 대표하는 범승이었다.

그는 지난날 조휘와 만났던 달마하원의 밀승, 물론 외부에는 소림의 지객당주로 알려진 승려였다.

"소검신(小劒神)께서는 어디에 계시오?"

"아마 곧 당도할 겁니다."

남궁장호의 대답에 구파의 고수들이 하나같이 호기심으로 물든 얼굴을 했다.

그들로서는 세력의 종주를 자처한 소검신의 신위를 한시라도 빨리 보고 싶었다.

그때, 저 멀리 총단의 입구로부터 오독기(五毒旗)가 펄럭거리며 입장하고 있었다.

"당가(唐家)!"

"······아미타불."

강호의 경험 많은 고수들에게도 당가의 진면목을 접하는 것은 굉장히 드문 일이었다.

폐쇄적인 성향의 당가는 외부 활동을 극도로 자제해 왔으며, 고수들을 강호의 행사에 파견한다고 해도 최소한의 인원만 배정해 왔다.

한데 지금의 당가, 그 위용을 보라.

가주 비룡제와 독룡삼존, 그리고 각 당주들, 게다가 그 유명한 독아십이수(毒牙十二手)까지!

가히 사천당가의 최고수들이라 할 수 있는 자들이 한자리에서 모여 있으니 과연 강호의 드문 기사라 할 수 있는 장면이었다.

한데 그런 당가주와 함께 총단의 입구로 들어서는 일남일녀가 있었으니 바로 조휘와 한설현이었다.

"아미타불······."

"저 청년이 바로······!"

조휘의 헌앙한 모습에 구파의 고수들이 감탄을 거듭했다.

영웅건을 단정하게 이마에 동여매고, 화려한 비단 무복을 걸친 그의 훤칠한 모습은 과연 후기지수들의 으뜸이라 할 수 있었다.

하지만 그런 조휘를 향한 놀라움도 잠시.

"저럴 수가!"

"허어! 저런 미인이!"

별빛처럼 일렁거리는 한 쌍의 벽안(碧眼)은 보는 이로 하여금 마치 빠져 버릴 것만 같은 느낌을 주었고.

눈처럼 희고 깨끗한 머리칼은 신비롭기 짝이 없었다.

완벽한 균형미를 자랑하는 고아한 얼굴 선과 유려하게 뻗은 콧날, 남심을 자극하는 선홍빛 입술.

그 완벽한 미(美)의 조화로움이, 도무지 세상에 존재해서는 안 될 마력처럼 다가온다.

전설적인 미녀, 서시(西施)의 자태가 저러할까?

"아미타불……."

한데 범승대사의 눈빛이 예사롭지 않았다.

그녀의 벽안과 새하얀 머리칼이 그 옛날 중원을 진동했던 절대마녀와 흡사했기 때문이다.

범승대사가 조휘 일행을 향해 발걸음을 옮기자 구파의 고수들도 일제히 그를 따랐다.

"아미타불. 조 소협의 개파(開派)를 축원드리오."

범승대사는 조휘의 진실된 경지를 아는 극소수의 인물 중하나였다.

"이렇게 먼 길을 와 주신 강호 동도 여러분들께 진심으로 감사하는 마음을 전합니다."

실로 정중한 예법.

아직 조휘를 잘 모르는(?) 구파의 고수들은 그의 출중한 기도를 접하며 한결같이 정파무림에 새로운 신성이 출현했음을 실감하고 있었다.

"아미타불…… 한데 혹 실례가 되지 않는다면 이 소저의 사문을 알 수 있겠소?"

"……."

벽안과 새하얀 머리칼.

한설현의 외모는 그 옛날 중원을 피로 물들였던 새외대전 당시의 절대마녀, 빙백여제(氷白女帝) 한백하와 거의 흡사했다.

이미 예상했던 상황이지만 언제고 한 번은 겪어야 하는 바.

조휘의 북극성처럼 시리게 빛나는 두 눈이 범승대사를 향했다.

"당황스럽군요. 이 여인은 저희 조가대상회에서 중요한 위치에 있는 간부입니다. 예(禮)도 보이지 않고 갑작스럽게 사문부터 물어보다니 소림의 고승답지 않은 행동인 것 같군요."

조휘의 그 말에 장내가 찬물을 뒤집어쓴 듯한 정적에 휩싸였다.

무려 소림의 지객당주다.

아무리 세력의 종주를 자처한 자라지만, 그 연배도 그렇고 배분도 아직 강호에 확실하게 공표되지 않은 자였다.

"무량수불, 그 무슨 무례한 언사이오? 그대가 정도(正道)를 자처한다면 배분부터 밝히는 것이 옳소. 그대에게 감히 소림의 범(梵) 자배 고승을 가르칠 격이 있단 말이오?"

"배분?"

조휘가 소름 끼치게 웃고 있었다.

"아마 여기서 저를 배분으로 이길 분은 없으실 텐데."

"무량수불, 그게 무슨 소리요?"

"제가 검신 어른의 적전제자(嫡傳弟子)거든요."

"뭐, 뭐라?"

말이 되지 않았다.

적전제자라 함은 사부에게 직접 적통을 이어받은 제자란 뜻인데, 이미 검신은 죽고 죽어 진토가 된 고대 강호의 인물이 아닌가?

조휘의 주장은 여기 모인 구파의 수많은 명숙들을 깔보는 처사가 아닐 수 없었다.

"대관절 그 무슨 말도 안 되는 주장이란 말인가! 이미 오래전 고인이 되신 검신께서 어찌 그대를 적전제자로 삼을 수 있단 말인가?"

조휘가 천연덕스럽게 웃었다.

"살아 계시는데요?"

"뭐, 뭣이!"

"허어!"

구파의 고수들이 조휘를 압박하며 몰아세우자 이를 지켜보던 한설현이 한 발짝 전면에 나서며 그들의 모든 시선을 자신에게로 모았다.

"조 소협 그만. 그만 됐어요."

조휘가 당황해했다.

"아니, 뒤로 빠져 계세요. 제가 알아서……."

하지만 조휘의 바람과는 달리 한설현은 결국 폭탄 발언을 쏟아 내고야 말았다.

"저는 북해 설풍 한씨(雪風寒氏) 십칠 대손이며, 제 빙가지명(氷家之名)은 설현(雪賢)입니다."

그녀의 말에, 조가대상회의 총단 전체가 일시에 얼어 버렸다.

구대문파의 고수들.

그들의 얼굴에 드러난 감정들은 처음에는 놀라움이었다가 종래에는 두려움으로 바뀌어 갔다.

새외대전으로부터 수백 년이 지난 마당이었지만 놀랍게도 빙백여제의 잔상이 아직도 구파를 짓누르고 있는 것이다.

무신이 등장하기 이전까지만 해도 빙백여제는 강호에서 무적(無敵)의 이름이었다.

혈혈단신으로 전장에 나타나 수백 장을 가공할 빙기로 덮어 버리던 그녀의 절대빙장은 당시의 중원인들이 단 한 번도 겪어 보지 못했던 전무후무한 신위였다.

그렇게 새외대전에서 목숨을 잃은 구파의 사조들.

북해에서 불어온 가공할 한풍, 당시의 역사는 이들에게 아직도 한(恨)이요 비애(悲哀)이자 분노였던 것이다.

"무량수불…… 허허, 설풍 한가라."

어느새 개천운차에서 내려와 진득한 눈빛을 빛내고 있는 도사는 무당의 장문 청허진자였다.

"여인이여, 그대는 지금 빙백여제의 후손임을 자처하고 있는 것이오?"

설풍 한가라면 북해빙궁주였던 빙백여제 한백하의 가문.

"……북해에서 빙가지명을 내세울 수 있는 가문이 저희 말고 또 있을까요?"

한설현의 두 눈에 북풍한설처럼 차가운 빛이 어렸다.

북해빙궁은 중원에 의해 그야말로 철저하게 소멸당했다.

잔당이라고 부르기도 민망한 수준으로 그 세력이 쪼그라들어 이제 남은 가문이라고 해 봐야 채 다섯을 넘지 않았다.

"무량수불…… 우리 중원인의 입장에서 새외와의 은원은 하늘보다 너르고 바다보다 깊다 할 수 있소이다. 물론 선후(先後)의 문제가 있다고는 하나 그것은 북해의 입장에서도 마찬가지일 터. 우리 중원이 수백 년이 지난 지금에 이르러 다시금 설풍 한가를 핍박할 생각은 없소이다. 그러니 철회하시구려. 이제라도 설풍 한가의 빙가지명을 버리고 야인(野人)으로서 살아가기를 권하오."

빙백여제에게 개처럼 목줄을 채우고 궁장을 찢어 벌거벗긴 뒤 정주의 대로변에 매달아 굶어 죽게 만든 사실은 후세의 사가(史家)들이 두고두고 비판하는 점이었다.

더구나 무신(武神)이 새외대전의 종식을 선언했음에도 이에 아랑곳하지 않고 북해로 몰려간 중원인들은, 제대로 저항조차 하지 못하는 북해의 양민들까지 모조리 학살했었다.

그런 북해의 한은 중원의 상처만큼이나 너르고 깊을 터.

그 광풍의 시대를 직접 겪은 세대는 아니었으나 지금 청허진자는 화해를 말하고 있는 것이었다.

"성을 버리란 말씀이신가요?"

한설현의 질문에 청허진자는 나직이 도호를 외며 고개를 가로저었다.

"무량수불, 도맥을 잇는 자가 어찌 함부로 천륜을 저버리라 할 수 있겠소. 문제는 그대의 선언이오. 이렇게 구파의 명숙들이 모두 모인 자리에서 빙가지명을 내세우고 설풍 한가임을 다시 천명했으니, 그것은 오랜 은원(恩怨)을 다시 결판 짓자는 뜻이나 진배없지 않소이까? 그대가 설풍 한가임을 자처하는 한 중원은 그대를 무림공적으로 여길 수밖에 없을 것이오."

"……."

무림공적(武林公敵)이라.

그 옛날 빙백여제께서는 그 저주의 이름으로 죽어 가셨다.

한설현의 몸 주위로 새하얀 빙정의 아지랑이가 점차 일렁이기 시작했다.

"북해에 쳐들어온 중원인들이 영음동(永陰洞)이라는 동굴을 무너뜨린 적이 있었어요."

"……."

"그 동굴에는 북해빙궁의 칠대가문 중 가장 강성했던 영음 설가(永陰雪家)의 제자들이 피신해 있었어요."

한설현의 시리도록 푸른 두 눈빛이 점점 처연한 빛으로 물든다.

"자그마치 팔십여 명이 갇혔는데 그들에게는 식량이 없었어요. 결국 하나둘씩 죽어 가자 그들은 결정을 내렸죠. 가장 연장자들이 자식들에게 몸을 내어 주기로."

한설현의 말에 청허진자의 얼굴이 딱딱하게 굳어졌다. 그것은 대화를 지켜보고 있던 구파의 고수들도 마찬가지였다.

그렇게 계속 이어지고 있는 한설현의 담담한 음성.

피눈물을 삼키며 후세를 남기기 위한 한 가문의 처참한 식인(食人) 이야기는 귀를 썻고 싶을 정도로 참혹하고 잔인한 역사였다.

십여 년이 흘러 살아남은 단 한 명의 영음 설가의 청년은, 후일 설풍 한가의 빙인들에 의해 구조되었을 때 이미 미쳐 있었다고 한다.

이어 한설현은 담담하게 북해의 수난, 그 처절한 역사들을 계속하여 읊조리기 시작했다.

그렇게 그녀의 이야기가 계속되면 될수록 청허진자의 얼굴은 점점 보기 흉하게 일그러지고 있었다.

"무량수불, 지금에 와서 다시금 한(恨)을 논하자는 것이오? 우리 중원에는 그런 참혹한 사연이 없을 것 같소이까?"

청허진자가 구파의 진영을 한 차례 훑던 눈으로 다시 한설현을 응시했다.

"저들 모두가 빙백여제에 의해 수많은 사조들을 잃었소! 침공은 분명 그대들이 먼저였소이다!"

"한을 다시 논하자는 것이 아니에요."

"……허면?"

"저는 그렇게 한을 품고 죽어 간 수많은 선조들의 비원으로 탄생한 후인이에요. 북해의 선조들은 수백 년을 희생해 왔어요."

"……."

"그런 제가 어떻게 설풍 한가임을, 북해의 후예임을 부정할 수 있겠어요?"

잠시 생각에 잠겨 있던 청허진자가 공허한 얼굴이 되어 다시 입을 열었다.

"무량수불…… 그런 선조들의 비원이 혹시 빙궁(氷宮)의 재건이오이까?"

고운 입술을 찢어져라 깨무는 한설현.

여기서 인정한다면 자신에게 어떤 핍박이 닥칠지 한설현은 모르지 않았다.

문득 그녀가 조휘를 바라본다.

한없이 차가운 눈.

굳게 다문 입.

그가 무슨 생각을 하고 있는지 굳이 듣지 않아도 알 수 있을 것 같다.

그래, 저 사내라면…….

한설현의 얼굴에 처연한 빛이 잠시 감돌았지만 이내 결기를 머금은 눈빛이 되어 청허진자를 똑바로 직시했다.

"네 맞아요. 저는 북해의 후예로서 빙궁의 재건을 위해서라면 무슨 짓이든 할 준비가 되어 있어요."

"허어……!"

"무량수불……!"

구파의 고수들이 하나같이 불호와 도호를 외며 놀란 가슴을 진정시키고 있었다.

설마하니 이 많은 중원인들 앞에서 빙궁의 재건을 운운하다니!

그 순간이었다.

쿠구구구구구구구!

거대한 조가대상회, 그 총단의 바닥을 덮고 있는 모든 청석(靑石)들이 거칠게 흔들리기 시작한다.

조휘의 두 눈에는 이미 검천대신공의 새하얀 불꽃이 타오르듯 아로새겨져 있었다.

그렇게 의념의 장막을 해체한 조휘의 신위가 드디어 만천하에 드러났다.

"이, 이 무슨!"

"허억!"

무당의 장문 청허진자를 비롯한 구파의 고수들이 모두 새하얗게 질린 얼굴로 내가진기를 다스리고 있었다.

조휘가 내뿜고 있는 막대한 기파로 인해 기혈이 들끓으며 내공력이 붕괴되어 운기를 하지 않으면 견딜 수가 없었기 때문이다.

그야말로 정신이 해체될 지경의 압박감!

일부 경지가 낮은 구파의 제자들은 입가에 핏줄기를 머금은 채로 재빨리 가부좌를 틀 수밖에 없었다.

그렇게 장내에 엄청난 혼란이 몰아쳤을 때, 조휘의 얼음장 같은 음성이 표표히 울려 퍼졌다.

"강호동도 여러분들께 조가대상회와 북해가 절대동맹(絶對同盟)임을 중히 천명하는 바입니다."

조휘의 그 한마디에 조가대상회의 총단이 그야말로 절대적인 침묵으로 휩싸였다.

그제야 구파의 고수들은 풍문으로 접해 온 소검신(小劍神)의 신위가 모두 진실이라는 것을 뼈저리게 절감해야만 했다.

그의 두 눈에 아로새겨진 무혼의 불꽃은 명백한 절대경의 상징.

거기에 수백에 달하는 구파의 고수들을 한꺼번에 압박하는 그의 의념지도는 가히 상상조차 할 수 없는 신위 그 자체였다.

칠무좌(七武座).

아니 그 이상일지도 모른다.

칠무좌급 초극고수의 신위를 제대로 접해 본 자는 지극히 드물었기에 그들로서는 가늠조차 힘들었으니까.

무당 장문 청허진자가 들끓는 기혈을 겨우 다스리며 피가 나도록 입술을 깨물었다.

"크으! 그대는 그 말이 정파 전체를 적으로 돌리는 발언임을 명백히 직시해야 할 것이오!"

조휘는 의념지도를 여전히 풀지 않은 채로 히죽 웃었다.

"저를 아세요? 흑천련이 어떻게 무너졌는지 조사는 해 보셨습니까?"

"그 무슨!"

"아니, 너무 쉽게 큰소리를 치시길래 물어본 겁니다. 삼패천을 무너뜨린 당사자를 눈앞에 두고도 그렇게 당당히 적(敵) 운운하시길래 무슨 철석간담인지 궁금해서요."

조휘가 구파의 진영을 물끄러미 응시했다.

"잘 들으세요. 흑천련에는 웬만한 문파의 대원로로 취급받는 화경(化境)의 고수가 육십 명 넘게 있었습니다. 사패왕 중의 하나인 흑천대살의 경지가 절대(絶大)임은 두말할 것도 없죠. 게다가……."

조휘의 시선이 닿는 곳마다 그 살기를 견디지 못한 고수들의 처절한 신음성이 울려 퍼지고 있었다.

"천살, 귀살 등 일류 이상의 경지를 이룬 고수의 수만 삼천(三千), 그 외에도 총단과 대곳간의 병력의 합은 육천(六天). 거기에 막대한 자금력까지."

그 순간.

재해(災害)라 할 수 있는 일이 일어났다.

쿠콰콰콰콰콰콰콰!

청허진자의 얼굴에 핏기가 싹 사라진다.

조휘의 신형이 새하얀 무혼의 폭풍에 의해 보이지도 않았다.

무혼의 완전한 개방!

방금 전 소검신의 신위가 끝이 아니었던 것이다.

막강한 기의 소용돌이가 거친 와류가 되어 총단 전체를 휘감는다.

총단의 하늘을 뒤덮고 있던 비단 자락과 유등들이 미친 듯이 펄럭인다.

또다시 들려오는 귀곡성처럼 가라앉은 음성.

"단신(單身)입니다. 그런 흑천련을 거의 홀로 멸문시킨 자가 지금 당신들의 눈앞에 있음에도 여러분의 눈앞에 있는 이 조 모가 종주로서의 자격이 없다 여겨지는지요?"

이어 세상을 집어삼킬 듯한 폭급한 조휘의 일갈!

-세력의 종주를 자처한 본 좌가 친히 북해와 절대동맹을

천명하였는바! 감히 내 앞에서 적(敵)을 운운하는가!

그 순간, 총단을 집어삼키던 조휘의 광대무변한 무혼이 씻은 듯이 사라졌다.

그렇게 조휘가 세력을 이끄는 종주로서의 가공할 위엄을 만천하에 드러낸 것도 잠시.

이내 그가 싱그러운 미소를 그리며 청허진자를 향해 입을 열었다.

"곧 무황님이 천명하실 텐데 조가대상회는 무림맹과도 절대동맹입니다. 그래서 큰 실수를 하신 겁니다. 장문의 선언은 무당파가 무림맹의 휘하임을 부정하는 것이나 다름없거든요."

들끓는 기혈을 겨우 다스리던 청허진자가 점점 혈색이 돌아오고 있었다.

그 모습을 바라보던 조휘의 두 눈에 이채가 서렸다.

구파의 고수들 대부분이 자신의 무혼발현(武魂發現)의 후유증으로 인해 정신을 차리지 못하고 있었다.

과연, 지금 이 자리에서 구파를 대표할 만한 자였다.

"무량수불…… 무림맹과의 절대동맹이라니…… 그 말이 사실이오?"

"곧 맹주님께서 도착하실 텐데 확인해 보시지요."

"으으음……."

청허진자의 얼굴에 복잡한 심경의 빛이 어렸다.

맹주께서 조가대상회의 동맹을 결심하셨다면 이건 보통 일이 아니었다.

북해의 후예가 빙궁의 재건을 만천하에 선언한 상황.

그런 소식을 접한 정파인들이 보일 반응이야 불을 보듯 뻔한 일이다.

당연히 무림맹은 당장 북해의 후예를 무림공적으로 선언하고 추살 명령을 내려야 했다.

한데 그런 무림맹이 북해와의 절대동맹을 선언한 조가대상회와 또 다른 동맹이라고?

이 일은 무당의 장문인인 자신의 손에서도 벗어난 문제였다.

그때 아미의 장문 풍애사태가 선장을 짤랑거리며 전면에 나섰다.

"아미타불, 풍문으로만 듣던 소검신의 신위를 목도하게 되어 영광이에요. 허나 드높은 무력에 어울리지 않게 너무도 무도한 자로군요."

조휘가 고개를 끄덕인다.

"무도라…… 인정합니다. 그렇게 보일 수도 있겠죠."

풍애사태가 다시 선장을 짤랑거렸다.

"아미타불. 정파 역시 강호에 속한 세력이니 힘을 숭앙하죠. 허나 신의와 의협, 명분과 공의가 전제되지 않은 힘은 사도(邪道). 지금 그대의 면목은 꼭 그런 사도 같습니다."

조휘가 나직이 한숨을 쉬더니 씁쓸하게 웃었다.

"제가 힘을 보이지 않았다면요? 과연 제가 내 사람, 저 여인을 지킬 수 있겠습니까?"

조휘의 그 말에 한설현의 얼굴이 귀까지 시뻘게졌다.

그녀의 심장이 주체할 수 없을 정도로 두근거린다.

"대단들 하십니다. 기백 년이 지난 일입니다. 그 오랜 과거의 원한을 따지실 거면 아예 정사(正邪)가 정립되기 전 고대의 중원대전(中原大戰)까지 가시죠. 구파의 선조들 역시 서로 치고받고 싸웠잖습니까? 그런데 지금은 왜 이렇게 친하시죠? 그 원한을 잊으신 겁니까? 그게 후손된 도리입니까?"

"아미타불! 그건 천 년도 지난 일이예요!"

"아니 천 년이나 삼백 년이나 이미 당시의 은원을 쌓은 선조들이 백골이 된 건 마찬가지 아닙니까?"

"흥!"

눈썹을 파르르 떨며 굳게 입을 다물고 마는 풍애사태.

조휘를 말로 이길 자가 누가 있겠는가.

한데 그때.

"백호기(白虎旗)!"

"사, 사마세가다!"

총단의 입구로 거대한 백호기가 들어서고 있었다.

그야말로 엄청난 위세!

그들의 행렬 맨 앞에서 부리부리한 호목의 사내가 하늘을 향해 주먹을 들어 올리며 벼락같은 일갈을 토해 냈다.

　-소검신(小劍神)은 어서 중천수호가(中天守護家)의 앞에
나서라!

　수백 년의 세월을 뒤로하고 마침내 천하제일가의 위용이
드러나는 순간이었다.

43章.

43 章.

세가(世家).

대대로 무림에 위세를 떨쳐 온 가문에게 붙여지는 영광스
러운 칭호.

그들은 각 가문마다 고유의 개성이 뚜렷했다.

동천제왕가(東天帝王家), 남궁세가.

서천신기가(西天神機家), 제갈세가.

남천독룡가(南天毒龍家), 사천당가.

북천현무가(北天玄武家), 하북팽가.

각기 무림의 일익(一翼)을 담당하며 오랜 세월 명성과 협
의를 쌓아 온 정파의 대표적인 세가들.

하지만 이들 세가의 중심, 아니 무림의 중심이라 할 수 있는 가문이 있었으니 그들이 바로 사마세가다.

중천수호가(中天守護家), 사마세가.

감히 무림을 수호했다고 말할 수 있는 가문은 이들이 유일했으며 전 강호의 구심점이요, 신(神)의 직계 후손들.

그런 이들의 명성은 소림으로도 누를 수 없었고 당대에서 최전성기를 구사하고 있는 화산으로도 덮지 못했다.

그만큼 강호에서 이들의 위치는 각별했고 또 오롯했다.

조휘의 무덤덤한 시선이 하늘을 향해 주먹을 들어 올리고 있는 사내에게 향했다.

하지만 이내 가볍게 놀라고 마는 조휘.

의념지도를 일으켜 그의 주위로 펼쳐진 의념의 장막을 파고들려고 했으나 강력한 반탄지기로 튕겨 나왔기 때문이다.

남궁세가가 자랑하는 칠무좌 창천검협도, 흑천련의 절대자 흑천대살도 자신의 의념지도를 막진 못했다.

강호에 출도한 이후 단 한 번도 겪지 못했던 상황.

이는 적어도 자신과 동수이거나 혹은 강하다는 뜻이기에 내심 긴장하지 않을 수가 없었다.

한데 그때, 머릿속에서 선조들의 음성이 천둥처럼 울려 퍼졌다.

-저 찢어 죽일 놈들이!

-영세추존(永世追尊)의 맹세를 헌신짝처럼 내팽개친 놈들

이 감히 패왕의 후예를 오라 가라 하다니!

-비켜라! 본 좌가 현신할 것이다!

조휘가 식겁하며 고개를 도리질했다.

'아, 안 됩니다 검신 어른! 더 이상의 빙의는 안 돼요!'

검신 어른의 빙의는 지금까지 너무나 잦았다.

조휘 역시 그의 영격이 낮아졌다는 것을 여실히 느낄 수 있을 정도.

검신 어른의 목소리만 약하게 들려오는 것이 가장 결정적인 증거였다.

막대한 영력의 소모로 인해 영혼의 존재력(存在力)이 사라져 가고 있는 것이다.

'절대 안 됩니다!'

한데 이번에는 조조가 나섰다.

-저놈들은 인간이 아니다! 어찌 사람의 도리를 알고 있는 자가, 신하의 의리를 맹세한 자가 선왕의 영혼을 배알하고 그 넋을 달래기 위해, 왕이 릉(陵)을 방문한 틈을 타 처참하게 도성을 도륙할 수 있단 말인가!

사실 조휘는 위, 촉, 오가 정립되고 난 후부터의 삼국지 스토리는 잘 알지 못했다.

삼국지를 읽은 대부분의 독자들이 그렇듯, 조휘도 후반부터는 재미가 급감하여 책장을 획획 넘기기가 일쑤였다.

그도 그럴 것이 자신이 최애했던 케릭터들, 특히 관우, 장비가 죽어 버리자 그 허탈함에 읽어 내려갈 동력을 잃어버렸던 것.

더욱이 관우와 장비의 촉(蜀)나라가 잘나가기라도 했으면 모르겠는데, 제갈량 혼자 원맨쇼에 가깝게 고군분투하다 그렇게 허망하게 오장원에서 생을 마감해 버렸으니, 그쯤에서부터는 거의 재미를 느끼지 못했다고 해도 과언이 아니었다.

후에 뜬금없이 사마의의 가문인 사마 씨가 중원을 통일하고 진(晉)나라를 세운 것까지는 알고 있었으나, 그 와중에 어떤 뜨거운 권력의 암투가 있었는지는 솔직히 관심 밖의 일이었다.

'선조님들, 일단 지켜봐 주시죠. 제가 알아서 해 보겠습니다. 지금까지 지켜보시고도 절 모르십니까? 저 조휘입니다.'

기이하게도 조휘의 그 한마디에 의해 조조는 마음 한구석으로부터 기대감이 차오르고 있었다.

그것은 다른 선조들도 마찬가지.

조휘가 대단하고 무서운 것은 절대에 이른 무공이 아니라 그 입심과 귀계 때문이다.

그런 조휘의 놀라운 계략과 심기가 천하제일(天下第一家)에게도 통할지 벌써부터 호기심이 치미는 것은 어쩌면 당연한 일.

──⋯⋯*자신하느냐?*

조휘가 음습한 눈으로 웃었다.

'당연하죠. 그래 봤자 고대의 중국인에 불과한 놈들 아니겠습니까? 저놈들도 저의 세련된 현대지략을 한 번 맛보면 정신이 없을 겁니다.'

조휘의 느닷없는 현대인 부심.

왠지 자신들까지 싸잡아 욕하는 것 같아 뭔가 꺠씸하긴 했지만 그래도 호기심이 치미는 것은 어쩔 수 없는 노릇이었다.

잠시 생각으로 뜸을 들이던 조조가 결심한 듯 호쾌한 목소리로 말했다.

-좋다! 사마(司馬)에 대한 은원을 모두 네게 일임하마. 명심해라. 우리 조가 일족의 명예와 비원이 네 손에 달려 있느니.

'흠…… 예.'

사실 조가 일족의 명예니 비원이니 하는 것들은 크게 마음에 와닿지 않았지만, 자신의 개파대전을 망치려는 그 행위 하나만으로도 몸을 데우기에는 충분했다.

사마는 충분히 자신의 적(敵).

조휘가 성큼 걸어가 사마세가의 선두에 다가갔다.

하늘을 향해 불끈 쥔 주먹을 서서히 내리며 오연한 얼굴로 조휘를 내려다보고 있는 사마세가의 사내.

조휘는 이내 사람 좋은 미소로 그를 살갑게 맞이했다.

"저를 찾으셨습니까?"

말없이 차가운 눈을 빛내며 조휘를 바라보던 사마세가 사내의 입에서 얼음장처럼 냉랭한 음성이 흘러나왔다.

"놈!"

곧바로 그의 주먹에서 광활한 의념의 공세가 맺혔다.

콰콰쾅!

의념지도가 맺힌 그의 권격(拳擊)은 조휘가 뇌전풍으로 피했음에도 그의 얼굴에 날카로운 상처를 냈다.

흘러내려 턱에 맺힌 핏물을 슥 닦아 내더니 조휘가 씨익 하고 웃었다.

인간의 피류으로 구현해 낼 수 있는 모든 물리학적 움직임을 구현해 낼 수 있는 육신이 바로 검천전능지체.

특히나 남궁세가의 보법 천풍보는 검총의 수식이 더해져 수학적으로 거의 완벽에 가깝게 진화시켜 놓은 보법이다.

한데도 상대의 권격을 피하지 못했다.

조휘는 그 점에 화가 나기보다는 오히려 호기심이 치밀었다.

자신의 검천전능지체 이상의 물리력을 구현해 낸다고?

그것은 오로지 심상의 무공, 즉 농밀한 의념지도가 아니고서는 설명이 불가능하다.

단 한 수였지만 자신의 의념지도보다도 상위의 의념을 구사하는 자라는 것을 조휘는 단숨에 알아차린 것이다.

한데, 그런 자신보다도 상대가 더욱 놀라는 듯했다.

"……그 나이에 무극(無極)이라고?"

역시 그도 조휘의 경지를 단숨에 알아본 것.

조휘가 어이가 없다는 듯한 얼굴로 그를 바라보았다.

"절대지경의 진정한 극(極)이라는 무량(無量)의 경지를 이룬 무인에게 그런 말을 들으니 조금 억울하군요."

게다가 이 사마세가의 사내도 많이 보아야 불혹을 넘지 않은 연배이지 않은가?

자신과 나이 차이라고 해 봐야 십수 년 남짓.

허나 무극과 무량의 간극은 어떤 의미에서는 하늘과 땅만큼의 간극이라고 해도 무리가 아니었다.

무극에 이른 자가 평생토록 무공을 갈고닦는다 해도 무량의 경지에 이르지 못할 수도 있는 법이니까.

"설명해 주시죠. 저는 사마세가와 단 한 번도 얽힌 적이 없습니다. 아무런 은원도 없는데 제게 적의를 보이는 이유가 무엇입니까?"

"은원이라."

사내의 얼굴에 극도로 경멸하는 빛이 일렁였다.

"네놈은 지금 조가(曹家)임을 부정하는 것이냐?"

그 순간, 조휘의 얼굴이 악귀처럼 변했다.

"그럼 소검신을 찾지 말고 조가의 후손을 찾았어야지 이 새끼야. 사람 헷갈리게 뭐 하는 짓이냐?"

"뭐라? 감히!"

이어지는 조휘의 비아냥.

"어이 사마 놈, 내 자세히는 모르겠다만 우리 조가와 네놈의 사마 간에 쌓인 원한은 연옥처럼 깊더라고. 뭐 이 와중에

예의를 차리자는 건 아니겠지? 원수 집안끼리 왜 이래?"

"허……!"

조휘가 새끼손가락으로 귀를 파며 다시 입을 열었다.

"나 원 참…… 설마설마했는데 정말 이리 단순할 줄은 몰랐네."

"단순?"

"아니 그렇잖아? 내가 왜 작명가들의 그 웅혼하고 기개 높은 상호들을 놔두고 계열상마다 죄다 조가(曹家)로 도배해 놨을까? 뼈대 있는 거창한 집안의 후손이라서? 천만의 말씀! 네놈들이 어떻게 나오는지 그게 궁금했던 거야."

사내를 향해 손가락을 후 부는 조휘.

"네놈들 지금까지 중원에 조가가 위세를 떨치기 시작하면 어떻게든 망하게 만들었다며? 이런 뻔히 보이는 수작에 단숨에 말려드는 걸 보면…… 어휴 이제 네놈들도 천하제일이라는 칭송은 듣긴 글렀구나."

"허허!"

사마세가의 사내는 그렇게 한 차례 호탕한 웃음을 터뜨리더니 곧 그윽한 눈빛으로 조휘를 응시했다.

"입심 한번 대단한 놈이구나. 허나 실력이 뒷받침되지 않는 언변은 요설(饒舌)에 불과한 터. 한데 네놈은 이 사마강(司馬强)조차 넘을 수 없지 않느냐?"

사내 사마강의 비릿한 미소에 조휘도 빙그레 마주 웃었다.

"도무지 이놈의 고지식한 중원인들은 생각하는 게 너무 한 결같아 이제 식상할 지경이야."

그러는 네놈은 중원인이 아니란 소린가?

사마강이 그렇게 마음속으로 되뇌었을 때.

갑자기 조휘의 두 눈이 짙은 암자색으로 물드는가 싶더니 곧 그의 신형이 푹 하고 꺼져 버렸다.

사마강은 잠시 황망한 얼굴로 멍하게 굳어 버렸다가 이내 의념을 일으켜 초감각을 확장시켰다.

한데 그런 초감각이 상대를 찾아내기도 전에 하늘에서 먼저 엄청난 개체의 의념공세가 감지되었다.

츠츠츠츠츠츠-

길게 늘어져 있는 사마세가의 행렬 주위로 칙칙한 검은 점(點)들이 수도 없이 생겨났다.

이어 사마강의 귓가에 깃든 한 줄기 전음성!

-천하공공도(天下空空道)라는 검신 어른의 검공이지. 당신 정도면 느낄 수 있을 거야. 저 수많은 점들 하나하나의 파괴력을.

검신의 검공!

조휘의 그런 전음에 사마강은 전율할 수밖에 없었다.

이것이 그 전설적인 검신의 독문검공이라고?

천천히 공간을 집어삼키고 있는 수많은 점들을 바라보며 과연 검신이라는 자의 고절한 검학의 세계가 느껴진다.

한데 자신은 이리도 전율하며 호승심으로 들끓는데 지금 저놈은 뭐 하자는 행동이지?

곧이어 들려오는 조휘의 전음성에 사마강은 그대로 석상처럼 굳어지고 말았다.

-당신 같은 자가 다섯이 더 있다고 해도 이 천하공공도(天下空空道)를 모두 막을 수는 없어. 최소한 저 점들의 삼 할은 사마세가의 행렬을 덮칠 수 있겠지. 장담하지. 당신을 제외한 모든 가솔들의 전멸(全滅)을.

사마강은 조휘의 전음을 모두 듣고도 도무지 믿을 수가 없었다.

절대경의 무극이면 칠무좌의 수좌를 다투는 무위다.

그런 고절한 경지를 이룩한 자가 자신과 초수 한 번 겨뤄 보지 않고서 숨어서 의념지도로 뒤치기를 해 온다?

자신이 평생토록 신봉해 온 무인상, 그 자존감으로는 도저히 눈 뜨고는 보지 못할 행태!

하물며 경지를 이룬 자의 드높은 자의식 같은 건 없다손 치더라도, 무인으로서의 호승심조차 치밀지 않는단 말인가?

-아, 방법은 있네. 내 의념지도의 영역은 삼백 장(丈). 당신이 삼백 장의 공간을 일거에 소멸시키는 의념지도를 구사할 수 있다면 나도 곤란해질 수는 있겠군. 한데 말이지. 난 당신이 의념을 일으키는 순간 곧바로 천하공공도를 발동시킬 거야. 과연 누가 빠를까?

너무나도 자연스러운 협박에 오히려 분노도 치밀지 않았다.

인질을 두고 협박하는 것은 사파에서도 가장 악랄하다고 알려지는 비적(飛賊)의 방식.

한데 그의 말대로 의념을 일으킬 수가 없었다.

자신이 의념을 일으키는 순간 상대가 한 치의 망설임도 없이 천하공공도를 발동시킬 것이라는 본능적인 예감이 들었기 때문이다.

그런 그때, 돌연 노인의 너털웃음 소리가 들려왔다.

"허허……."

사마세가의 행렬, 그 가운데에 서 있던 마차에서 어느 한 노인이 천천히 내리고 있었다.

장대한 기골을 지닌 노인.

눈의 안구 전체가 온통 검은빛으로 물들어 있는 그 모습이 실로 소름이 돋는 자였다.

단 한 점의 흰자위도 없는 그의 기이한 두 눈.

보는 이로 하여금 절로 두려움에 치밀게 만드는 모습이었다.

행렬의 주위로 수없이 펼쳐져 있는 점들을, 노인이 호기심 어린 얼굴로 쳐다보고 있었다.

"흐음. 천하공공도라."

멀리서 노인의 그런 음성을 들은 조휘가 크게 놀랐다.

의념이 가미된 전음을 엿들었다고?

그게 가능할 리가?

한데 놀람은 거기서 끝이 아니었다.

"녀석아. 천이통(天耳通)이라는 것이다. 본 좌의 육신통(六神通)이 그리 놀랍더냐?"

전음에 이어 자신의 마음까지 읽는다고?

육신통의 전설이 정말 존재하는 것이었단 말인가?

그때, 조휘의 귓가에 검신 어른의 벼락같은 외침이 들려왔다.

-자연지경(自然之境)이다! 그것도 본 좌의 최전성기 때와 필적…… 아니 그 이상일지도 모르겠구나!

조가건설의 전각 아래 그늘에서 몸을 숨기고 있던 조휘의 얼굴이 딱딱하게 굳어졌다.

자연경이라고?

조휘는 검신 어른의 그 말을 선뜻 받아들이기 힘들었다.

그 이유는 다름 아닌 의천혈옥의 영계에서 검신 어른과 마신을 직접 목도했기 때문이다.

자연경에 이른 무인의 존재감은 필설로는 도저히 표현하기 힘들 정도로 불가해(不可解) 그 자체.

한데 저 검은자위의 노인은 마치 무공을 익히지 않은 일반인 같은 느낌만 풍겨 올 뿐이다.

산악처럼 거대한 검(劍)과 같은 검신 어른의 압도적인 존재감도, 온 세상을 마화로 덮어 버릴 듯한 마신의 강렬함도 느껴지지 않는다.

-기이해할 것 없느니. 문자 그대로 자연경이니라. 지금은

*자연지기를 끌어들이지 않고 그저 비우고 있으니 범부처럼
느껴질 뿐이다. 의지를 일으키지 않았으니 공(空)인 터.*

검신 어른의 음성에 이어 마신도 자신의 의견을 피력했다.

*-허나 저 정도 경지의 허무(虛無)는 본 좌로서도 놀랍기 그
지없다. 그가 오랜 세월 스스로를 비우는 데만 집착했다는 것
을 단숨에 느낄 수 있을 정도다.*

그 순간, 흑안 노인의 안색이 파리해졌다.

"과연…… 영계의 존자(尊者)들과 대화가 가능하다니."

그의 말에 조휘는 물론 영계의 존자들도 하나같이 크게 놀
랐다.

-굉장한 수준의 천이통이구려.

*-실로 신인(神人)이로고! 어떻게 저런 경지를 이룩하고도
혼세일계에 남아 있을 수 있는 겐가?*

-영격 역시 우리와 동급(同級)이다.

-대체 저자는 누군가?

일세를 풍미한 혈옥의 존자들조차 경악하게 만드는 존재다.

조휘는 더 이상 자신이 몸을 숨기고 있는 것이 의미가 없다
는 것을 깨닫고는 뇌전풍을 일으켜 사마세가의 행렬에 다시
나타났다.

그와 동시에 사마세가의 행렬에 드리워졌던 천하공공도의
수많은 점들이 희미한 잔상만을 남긴 채 사라져 갔다.

"과연 놀라우리만치 자유로운 의념의 수발이다. 그야말

로 무림사에 보기 드문 의념대공(意念大功)이구나. 짐작은
했거니와 설마하니 정말로 검신과 마신의 공동전인이라니.
허허."

그런 흑안 노인의 음성을 들으며 사마강은 도저히 믿기 힘
들다는 듯한 눈빛으로 조휘를 응시하고 있었다.

대관절 검신과 마신의 공동전인이라니?

엄청난 시대의 격차의 무인들이 어떻게 공동전인을 남길
수 있단 말인가?

하나 오롯하신 무조(武祖)의 말씀이셨다.

더 이상 의문을 가진다는 것은 그야말로 대죄.

"좀 걷자꾸나."

흑안 노인이 먼저 앞장서며 나아가자 조휘는 마치 홀린 듯
이 그를 따라 나설 수밖에 없었다.

그의 언령과도 같은 음성에는 거역하기 힘든 종류의 마력
이 깃들어져 있었다.

그렇게 조휘는 흑안 노인을 묵묵히 따라 걸었다.

어느새 도착한 총단의 연무장.

그제야 멈춰 선 흑안 노인이 별안간 좌수(左手)를 들어 올
리자 상서로운 서기(瑞氣)가 일어났다.

푸와아악!

서기가 그대로 그의 오른팔을 휘감는다.

툭.

조휘는 바닥에 떨어진 흑안 노인의 팔을 멍한 얼굴로 쳐다보고 있었다.

"아, 아니 갑자기 이게 무슨?"

일말의 고통도 느껴지지 않는 무감각한 흑안 노인의 표정.

곧 심연처럼 가라앉아 있는 그의 흑안이 조휘를 아니 그 내면의 조가 존자들을 바라본다.

"……사마(司馬)를 용서해 주시오."

쿵.

그대로 바닥에 꿇어앉아 머리를 조아리는 흑안 노인.

그는 여전히 머리를 바닥에 찧은 채로 예의 가라앉은 음성을 이어 갔다.

"오늘을 위해…… 이 모진 목숨을 부지하기 위해…… 가문은 물론 세상과도 단절해야만 했소이다. 그래서 후손들이 조가를 핍박하는 것을 막지 못했소."

그때, 조휘의 머릿속에서 조조의 음성이 들려왔다.

-고작 팔 하나로 '영세추존의 맹세'를 저버린 신하의 대죄와 그 후손들의 악행을 모두 사하라고?

흑안 노인이 조휘를 올려다본다.

"패왕(覇王)이시여. 우리 사마가 저버린 신하의 맹세가 패왕께 억겁의 고통을 주었다는 것을 내 모르는 것이 아니외다. 하나 그런 일가(一家)의 원한은 우리 '사람들'에게 닥친 공동의 위협에 비한다면 그야말로 티끌과도 같은 것이라 할 수 있소. 이 내가 지금 이곳에 서 있는 것이 스스로 목숨을 걸고 있다는 것을 진정 모르겠소이까."

-도대체 네놈은 누구란 말이냐!

흑안 노인의 입에서 놀라운 말이 튀어나왔다.

"사마천세. 강호에서 무신이라 불렸던 자외다."

조휘의 두 눈이 찢어져라 부릅떠졌다.

눈앞의 이 흑안 노인이 전설 속의 무신(武神) 사마천세(司馬天世)라고?

아니, 그게 말이 되나?

무신이 활약한 시대는 지금으로부터 삼백 년 전.

인간의 짧은 수명으로 어찌 삼백 년을 넘게 살아올 수 있단 말인가?

대답은 마신이 해 주었다.

-자연경의 경지에 이르면 영격이 존자에 이르며 인간의 수명 또한 초월한다. 그리 이상하게 볼 것 없다.

자연경의 경지에 이르러 무림사의 신이라 불렸던 자들의 진실된 능력이 그 정도로 가공했단 말인가?

과연 그런 인간의 굴레를 벗어날 정도의 능력이라면 신좌라 불리는 존재가 견제할 만하다.

단순하게 생각해 보면 삼신(三神)은 또 다른 좌(座)의 후보들일 테니까.

조휘가 이런 생각을 가지게 된 이유는 검총에서의 현대인이 남긴 글귀가 아직도 뇌리에 선명했기 때문이다.

[위대한 존재들, 성좌들의 흥미가 내게로 향하고 있다는 것이 느껴진다.]

그 문장으로 미뤄 볼 때 이미 고대의 현대인은 검총에서부터 자연경을 초월했고, 그 너머의 좌(座)에 이른 것으로 보였다.

또 다른 경쟁자, 좌(座)가 탄생하지 않길 바란다면 삼신을 경계하고 추살하는 것은 분명 인간의 일반적인 행동 패턴.

하지만 천마삼검의 석판에 적혀 있던 글귀를 생각해 보면 또다시 말이 달라졌다.

[신좌로 오라.]

이 무슨 또 개소린가?

자신의 추종자들을 보내 검신과 마신을 추살한 신좌다.

한데 이제는 또 신좌로 오라고?

도무지 앞뒤가 맞지 않는다.

그때, 검신 어른의 음성이 들려왔다.

-무신이여! 자연지기를 거두게! 어서!

아직도 찬란한 서기가 맺혀 있는 무신의 좌수.

무신의 얼굴이 이내 허허롭게 변했다.

"허허…… 늦었소. 이 내가 다시 세상에 나왔을 때부터 이미 각오한 일이오."

그제야 마신은 무신이 왜 그토록 스스로를 비우려 들었는지 알 수 있었다.

그의 공(空)은 신좌의 무리로부터 자신을 지키기 위한 처절한 의지.

그들의 이목을 피하기 위해 삼백 년이라는 긴 시간 동안 스스로를 지워 왔다니.

무신으로 불렸던 무인의 자존감을 과감히 버린 그의 선택이었다.

그 인고의 마음을 어찌 짐작이나 할 수 있겠는가!

검신과 마신은 안쓰러운 마음을 금할 길이 없었다.

그때, 무신이 서 있는 상공에서 보랏빛 기운이 일렁이기 시작했다.

츠츠츠츠츠츠.

영계에서 이미 저런 광경을 한 번 겪은 조휘로서는 보자마자 알 수 있었다.

저 기운이 좌에 이른 자의 법력, 즉 신력(神力)이라는 것을.

"신좌의 신력입니다! 피해야 합니다!"

조휘의 경악성에도 오히려 무신은 담담하게 웃고 있을 뿐이었다.

그때 무신이 손을 들어 올렸다.

우우우우웅.

천지를 진동하는 나지막한 울림.

조휘가 재빨리 검천전능지체로 그 모습을 바라보자 그야말로 상상조차 할 수 없는 막대한 양의 물리력이 그의 손으로 모여들고 있었다.

가히 무량대수의 백터값!

그와 동시에 포양호 전체에 농밀하게 드리워져 있던 기운, 즉 자연지기가 일거에 힘을 잃는다.

산천초목의 생기가 사그라들었고, 포양호의 안개도 일렁이던 바람도 잦아들었다.

지력마저 빼앗겨 푸석푸석해진 대지를 느끼며, 조휘는 경악의 얼굴로 굳어졌다.

자연경의 무인이 전력을 다해 무공을 펼친다는 것이 인세에 얼마나 재해(災害)를 끼치는지 뼈저리게 실감한 것이다.

포양호 전체를 뒤엎어 버린 듯한, 그야말로 바다처럼 넓게 드리워진 무신의 의념지도는 가히 전율 그 자체였다.

단숨에 포양호 전체의 기운을 끌어모은 무신이 그대로 주먹을 움켜쥐었다.

쫘드드득!

허공을 찢어발기며 열리던 공간이 이내 찌그러졌다. 이에 공간의 틈새로 새어 나오던 보랏빛 신력이 점차 세를 잃어 갔다.

놀라웠다.

261

자연경의 이른 자의 무공이 신력조차 막을 수 있단 말인가?

"남은 시간이 얼마 없네. 곧 나는 목숨을 잃을 터. 서두르세."

무신은 그 말을 끝으로 자신의 목에 걸려 있던 영옥, 즉 무천진옥(武天眞玉)을 꺼내 조휘에게 건넸다.

조휘가 크게 놀란 얼굴을 했다.

"……이걸 왜 제게?"

"모든 영옥을 모으는 것은 그대의 예정된 숙명."

그때 무천진옥이 서서히 분해되며 기화(氣化)되기 시작했다. 그것은 소림사의 불마동에서 혼세천옥을 접했을 때와 동일한 현상이었다.

그렇게 무천진옥이 변화하기 시작하자 마치 오늘만을 위해 살아온 사람처럼 후련한 얼굴을 하고 있는 무신.

그러던 그가 다시금 보랏빛이 새어 나오기 시작한 공간을 올려다보며 그윽한 미소를 지어 보였다.

"허허, 모든 안배가 연자에게 모아졌느니…… 이제 신좌 네놈은 필시 세세토록 잠을 이루지 못하리라."

그렇게 허허롭게 웃던 무신이 돌연 시선을 돌려 자신의 후손들 사마세가를 응시했다.

"외롭고 불쌍한 아이들이네. 부디 저들과 잘 지내 주길 바라네."

"저, 저기요? 무신님?"

갑자기 무신이 생을 정리하는 사람처럼 행동하자, 조휘는 불안한 예감과 혼란스러운 마음을 가눌 길이 없었다.

그 순간.

보랏빛 신력이 뇌전(雷電)으로 변하더니 그대로 무신을 강타했다.

쫘르르르릉!

그야말로 찰나의 순간.

그 위대한 무신이 흔적도 없이 타 버렸다. 재도 하나 남기지 않고서.

"……."

그렇게 조휘가 망연자실한 표정으로 굳어 있을 때.

기화를 모두 마친 무천진옥의 기운이 급속도로 조휘의 의천혈옥을 향해 모여들었다.

"크으윽!"

또다시 밀려오는 처절한 두통!

동시에 의천혈옥이 변화하기 시작한다.

화아아아악!

적색과 청색, 황색의 물결이 구슬 속에서 어지럽게 뒤섞이더니 이내 오색찬란한 서기가 되어 눈부신 자태를 드러내고 있었다.

그 순간 조휘는 자신의 어떤 단면이 무너지고 재구성되는 느낌이 들었다.

그것은 마치 가로막고 있던 벽에서 해방된 기분, 혹은 잊고 있었던 것을 되찾은 심정.

　-반갑소.

　갑자기 무신의 목소리가 조휘의 뇌리에서 울려 퍼졌다.

　그곳의 어색한 상황이 여기까지 느껴질 정도!

　'설마, 사마의 존자들이?'

　이내 조조의 거친 욕설이 들려온다.

　-이런 천하의 개 같은 경우를 봤나! 이곳에서 저놈들과 억겁
도록 함께 살라고? 본 왕은 못 한다! 절대 못 해! 앗! 저놈은?

　-후우…… 맹덕 공.

　-으아아아아아!

　개놈의 새끼가!

　죽고 난 후 본인도 왕에 추존되고 묘호를 추증받아 신위에
모셔졌으니 본 왕과 동급이라 이건가!

　감히 이 맹덕에게 공(公)이라니!

　"후……."

　조휘는 그런 조조와 사마의의 눈물겨운(?) 상봉을 뒤로하
며 애써 냉정하게 마음을 가다듬었다.

　조휘로서는 그야말로 마른하늘에 날벼락 같은 일이 벌어
진 것.

　한데 그때 사마강이 광인처럼 일그러진 얼굴로 연무장에
도착했다.

　"뭐, 뭐냐! 무조께서는 어디로 가신 것이냐!"

불과 석 달 전, 홀연히 다시 가문에 현신하신 사마세가의 무조(武祖), 무신.

세가를 봉(封)하라는 명을 남기고 떠나신 지 이백 년 만에 돌아오신 무조인 터라 사마일족의 기쁨은 지극했다.

한데 그런 무조께서 또다시 느껴지지가 않았다.

사마강은 불길한 예감이 엄습하여 조휘를 찢어져라 응시하고 있었다.

조휘가 담담하게 입을 열었다.

"돌아가셨습니다."

더욱 야차처럼 일그러진 사마강의 얼굴.

"그, 그게 무슨 소리냐?"

허나 조휘는 야속할 정도로 무덤덤하게만 입을 열 뿐이었다.

"이곳에서 돌아가셨습니다."

지극한 분노로 확장되기 시작한 사마강의 동공!

"이노옴!"

엄청난 의념의 기운이 사마강의 전신에서 꾸역꾸역 흘러나와 조가대상회의 총단 전체로 드리워지기 시작했다.

분노로 몸을 데우고 있는 사마강을 조휘는 담담한 얼굴로 응시하고 있었다.

굳이 다른 말로 자극할 필요도 없거니와, 그의 분노를 이해하지 못할 바가 아니었기 때문이다.

산보 나가듯 잠시 자리를 비운 가문의 큰 어른을, 뜬금없이 처음 보는 놈이 돌아가셨다고 선언하니 당연히 분노가 지극할 수밖에.

괜히 무슨 신좌니 의천혈옥이니 구구절절 설명해 봐야 믿어 주지도 않을 것이고, 세상 밖의 비밀과 같은 이야기들을 굳이 말해 줄 필요성도 느끼지 못했다.

사마강은 이렇게 자신이 화를 내고 있음에도 아무런 대답도 없는 그런 조휘를 죽일 듯이 노려보고 있었다.

하지만 그는 조휘가 아무리 소검신이라 불리는 강호의 절대자라 하나, 그런 그의 무공으로도 무신(武神)의 옷자락도 스치지 못한다는 것을 누구보다 잘 알고 있었다.

결국 총단을 뒤덮고 있던 사마강의 분노는 조금씩 잦아들을 수밖에 없었다.

'젠장맞을.'

사마강은 세가에서 출발하는 그 순간부터 모든 것이 마음에 들지 않았다.

갑작스럽게 세가에 현신하신 무조께서 봉문을 풀라고 명하신 것도, 한 번도 들어 보지 못한 상회의 개파대전에 참가하라고 하신 것도, 그리고 그들과 협력하라는 것도!

무조(武祖)의 지엄한 명령만 아니었다면 결코 따를 수 없는 일들이었다.

모두가 중천수호가의 명성과 권위에 해(害)가 되는 명령투성이!

"후…… 도대체 여기에서 무슨 일이 벌어진 것이냐?"

사마강의 진득한 눈빛.

조휘는 씁쓸한 얼굴이 되었다.

"이미 인간의 수명을 오랫동안 초월해 오신 분입니다. 천명(天命)이 다할 장소를 이곳으로 정하신 것뿐이지요."

"그것이 왜 하필 지금 이곳이란 말이냐!"

"내 말이요. 경사를 앞두고는 상갓집에도 가지 말라고 하는데, 왜 하필 우리 개파대전에 맞춰 찾아와서 생을 정리하신답니까? 제길, 향을 피워 달라는 거야 뭐야."

"이, 이놈이……!"

가문의 위대한 무조를 향한 조휘의 거침없는 힐난에 사마강이 또다시 꼭지가 돌 무렵.

"거 대강 좀 하시죠? 남의 잔치에 와서 계속 뭐 하는 짓입니까? 가문의 어른이 귀천하신 건 저도 안타깝게 생각하고 있지만, 당신이 사마(司馬)를 대표한다면 더 이상의 무례는 용납할 수 없습니다. 예의를 차려 줄 때 받아야지 뭐 한번 시원하게 싸우자는 겁니까? 원한다면 그리해 드리죠."

"……."

위대한 사마세가의 가주로 살며 과연 한 번이라도 이런 대접을 받아 본 적이 있었던가.

설사 무림맹주 무황이라 할지라도 자신에게 이런 파락호 같은 말을 내뱉을 순 없었다.

한데, 소검신의 물빛처럼 투명한 눈.

그것은 결코 망설이는 자의 눈빛이 아니었다.

수틀린다면 일말의 망설임도 없이 잔혹한 손속을 펼칠 자다.

"정말 볼수록 대담한 놈이군. 감히 사마의 이름 앞에서 이 토록 당당하다니. 진실로 죽음이 두렵지 않다는 건가."

뭐 죽음?

당신에게 그게 가능한 일일까?

조휘는 그저 피식 웃어 버릴 수밖에 없었다.

이 구슬 속의 존자들이 그걸 용납할 리가 없기 때문.

돌아가는 꼴을 보아하니 검신 어른이 나서기도 전에 무신 이 먼저 빙의하여 사마강을 징치할 판국이다.

더욱이 삼신(三神)보다도 더욱 강력하다고 할 수 있는, 대 라신선에 근접한 존재인 천우자가 빙의한다면?

신좌가 나서지 않는 이상 홀로 중원을 지워 버릴 수도 있는 능력을 지닌 자가 천우자다.

그 모든 것을 차치하고서라도, 순수한 자신의 능력만으로 도 사마강에게는 결코 질 것 같지가 않았다.

"무량의 경지가 아무리 대단하다고 해도 날 죽일 수는 없 을 겁니다. 궁금하다면 한번 해 보세요. 사마세가를 이 중원 에서 확실하게 지워 드리죠."

그런 선언과 동시에 조휘의 두 눈과 전신에서 자색 귀화가 타올랐다.

화르르르르!

마화로 뒤덮인 눈빛을 진득하게 빛내고 있는 그의 모습에는 단순한 경지로 구분할 수 없는 초월적인 위력이 담겨 있었다.

"천마신공이로군."

과연 무신의 가문답게 조휘의 신위를 보자마자 그 근원을 단숨에 파악하고 있었다.

"마신 어른이 들으면 섭섭할 소릴 하시는군요. 마신 어른께서 이르기를 '대체 본 좌의 마신공에 무슨 짓을 한 것이냐!'라고 하셨죠."

마치 마신과 직접 대화를 해 본 사람처럼 대답하는 조휘를 향해 사마강이 어처구니없다는 얼굴을 하고 있었다.

진짜 정신이 어떻게 된 놈인가?

"그래서 한판 하겠다는 겁니까 뭡니까?"

무조의 귀천이라는 마른하늘에 날벼락 같은 일도 모자라, 웬 왈패 같은 절대경 놈의 연이은 협박에 그야말로 정신이 달아날 지경.

상대가 목적을 이루기 위해서는 수단과 방법을 가리지 않는 종류의 인간이라는 것을 파악한 이상, 사마강은 결코 섣불리 움직일 수가 없었다.

"흥."

사마강의 신형이 흐릿해지는 듯하더니 벌써 저만치 나아가 사마세가의 행렬에 합류하고 있었다.

조휘가 피식 웃었다.

"싱거운 양반이구만."

그렇게 사마세가의 행렬이 조가대상회의 입구를 벗어나 구파(九派)의 행렬과 합류했을 때, 구파의 명숙들은 어느새 한설현의 일을 잊고 조가대상회의 신문물을 경험하느라 여념이 없었다.

어차피 맹이 조가대상회와 동맹을 선언한 마당이라 자신들의 손을 벗어난 일로 여겼기 때문이다.

개중에는 사마세가의 행렬을 반기는 명숙들도 있었지만 인간이란 본디 호기심의 동물. 신문물을 향한 인간의 호기심이란 막을 수 있는 종류가 아니었다.

다시 구파의 행렬에 도착한 조휘는 예상 밖의 광경에 멍하니 굳어질 수밖에 없었다.

물론 조가대상회가 자랑하는 개천운차, 한빙주, 흑청수가 있는 행사장에도 사람들로 붐볐지만, 의외로 압도적으로 많은 사람들이 모여 감탄하고 있는 곳은 따로 있었기 때문이다.

한데 그곳은 전혀 조휘의 예상 밖의 장소.

'가죽옷에 저리 환장한다고?'

가장 많은 사람들로 바글거리고 있는 곳은 의외로 한설현에게 북해의 재봉 기술을 전수받은 아낙네들이 있는 행사장이었다.

조휘는 한설현에게 현대의 라이더 재킷과 비슷한 디자인

의 가죽옷을 주문했다.

굳이 겉감과 안감을 나누지 않고 천연 소가죽의 질감을 그대로 살리며 최대한의 실용성과 간편함을 강조한 재킷.

한데 강호인들에게는 그런 가죽 재킷이 너무나 생소하고 또 충격적인 옷이었다.

머릿속에 유교의 사상이 뿌리 깊게 박혀 있는 중원인들은 옷을 만들 때도 품이 넓은 안감 속에 모든 주머니를 감추는 것을 당연시하고 있었다.

넉넉한 품속에 재물을 감추는 것은 부(富)를 내세우지 않는 유교의 가르침에 기인한 것.

때문에 중원인들은 소매의 품에 전낭을 따로 넣고 다녔다.

전낭 없이 철전이나 은자를 소매 품에 함께 넣고 다닌다면 아무래도 호명패(號名牌)나 노리개와 같은 다른 소지품들과 함께 뒤섞여 꺼낼 때마다 신경을 써야 하니 그 불편함이 이만저만이 아닌 것이다.

그런 점에서 조가대상회의 가죽옷은 혁명적인 의복이었다.

가슴께와 허리춤, 배를 감싸는 쪽에 도합 여섯 개의 주머니가 주렁주렁 달려 있는 그 이질적인 모습은 당황스럽기도 했고 충격적이기도 했다.

그것은 중원인들로서는 단 한 번도 보지 못한 양식.

그들이 가장 의아한 것은 주머니가 주렁주렁 달려 있으면 본디 잡스러워야 하는데 옷 자체의 태가 너무나 멋있다는 것이었다.

무엇보다 가슴골을 감싸는 부분의 깃의 형태가 실로 멋들어졌다.

옷감으로 몸을 감싸는 형태가 아닌, 오히려 드러내어 젖히고 있는 저 깃의 형태는 지금까지 중원에서 단 한 번도 보지 못했던 양식.

게다가 저토록 정교하게 가죽을 다루는 바느질 솜씨 또한 중원인들에게 신선한 충격으로 다가갔다.

"이걸 지금 살 수 있겠소?"

"나도 한 벌 주시오! 당장 사겠소!"

연신 구매를 요청하는 강호인들의 성화에 행사장의 아낙네들이 난감한 얼굴을 하고 있었다.

라이더 재킷의 행사장은 아직 회장으로부터 정식으로 계열명도 하사받지 못한 임시 조직.

지금까지 생산된 양이라고 해 봐야 시제품밖에 없었기 때문이다.

그때, 조휘가 벼락같이 달려와 행사장의 앞에 섰다.

그런 조휘의 얼굴은 한껏 들떠 흥분하고 있었다.

운차와 흑청수, 한빙주에 이은 조가대상회의 새로운 대박 상품이 탄생할 조짐이 보였기 때문이다.

"아아, 저희 조가피혁점(曹家皮革店)의 가죽옷에 성원을 보내 주신 점 감사합니다. 하지만 죄송하게도 조가피혁점의 상품들은 아직 재고가 많지 않습니다. 그래도 구매 의사가 있으시다면 각 문파별로 구매하실 수량과 구매자의 몸치수를 남겨 놓고 가 주십시오. 저희 조가통운의 직원들이 개별적으로 방문하여 납품하겠습니다."

거기에 '운송료는 별도입니다.'와 같은 첨언은 당연히 생략했다.

상품성을 어필하는 것이 먼저.

값은 가장 나중에 이야기하는 것이 장사의 기본 중의 기본이다.

한데, 정주의 개봉(開封)에서 가장 큰 규모의 무관이라 할 수 있는 용권문(龍拳門)의 문주 막여평이 호기심을 드러냈다.

"한 벌에 얼마요?"

조휘의 인상이 단번에 구겨졌다.

제길, 가격은 가장 늦게 말하려고 했는데.

그렇게 잠시 고심하던 조휘가 서둘러 셈을 하고 나섰다.

칼 찬 강호인들은 유달리 멋에 목숨을 건다.

그 고고한 구파의 명숙들도 최고급 비단으로 짠 무복을 사는 데 거침없이 전낭을 열었다.

"은자 서른아홉 냥입니다."

"뭐, 뭐요?"

조가피혁점(?)의 아낙네들이 하나같이 놀란 토끼 눈을 했다.

자신들이 알고 있는 원가에 비해 터무니없이 높은 가격이었기 때문이다.

아무리 질 좋은 소가죽이 많이 들었고 한 달이 넘도록 무
두질을 한 노동력을 모두 셈한다고 해도 그 원가는 은자 다섯
냥을 넘기 힘들었다.

"하지만 제가 어찌 강호의 명숙분들께 제값을 받을 수 있
겠습니까? 그건 강호의 도리가 아니죠. 특별히 삼 할을 덜어
드리겠습니다. 스물일곱 냥! 정말 이 질 좋은 가죽 값도 안 되
는 가격입니다."

"호오?"

삼 할을 덜어 준다는 조휘의 선언에 금방 다시 호감을 드러
내는 강호인들.

원래 할인이란 것이 조삼모사라 것은 누구나 알고 있었지
만 왠지 이득을 보는 느낌이 드는 것 또한 사실이었다.

은자 스무 냥 정도면 최상급 비단 무복과 비슷한 가격대라
혹하지 않을 수가 없는 것이다.

"일단 지금 한번 입어 볼 수 있겠소?"

조휘가 푸근하게 웃었다.

"당연하죠. 피팅…… 아니 입어 보는 거야 얼마든지 가능
합니다."

"고맙소이다."

조휘의 눈짓을 받은 아낙네들이 막여평에게 다가가 재킷
을 걸쳐 주었다.

칙칙한 검은 빛이 감도는 라이더 재킷이 막여평의 무복 위에 걸쳐지자 수많은 강호인들이 그를 둘러싸며 감탄을 표시했다.

"허어! 실로 멋들어진 모습이구려!"

"내가 본 의복 중에 가장 근사하오!"

"아아!"

막여평이 소매 품에 감춰 놓았던 전낭을 꺼내더니 재킷의 주머니 쏙 넣어 보고는 고개를 끄덕이며 흡족한 얼굴을 했다.

"과연!"

이어서 호명패는 가슴께의 주머니로, 금창약은 허리의 주머니, 은침 꾸러미는 배 쪽의 주머니에 각기 넣는다.

"허어! 저렇게 주머니 속 물건들을 각기 기억해 놓으면 더 이상 소매를 뒤질 일은 없겠소!"

"과연 실로 간편하구려!"

막여평이 결심한 듯 조휘에게 다가가더니 재킷을 벗어 주며 호기롭게 외쳤다.

"우리 용권문은 서른 벌을 선주문하겠소!"

조휘가 크게 목청을 높여 그의 주문에 화답했다.

"용권문이 정주를 대표하는 무관이라더니 과연 그 통 한번 영웅적입니다!"

그 말에 지켜보고 있던 금와방(金蛙幫)의 방주 호일상의 눈썹이 꿈틀거렸다.

그 옛날 강호의 전설적인 무공 합마공을 연구하여 새로운 경지를 개척했다고 평가받는 금와방은 용권문의 대표적인 경쟁 무관이었다.

"육십 벌! 본 금와방은 육십 벌을 선주문하겠소이다!"

무관들도 저리 날뛰는데 대문파의 원로된 자로서 어찌 위엄을 보이지 않을 수 있겠는가.

"곤륜의 태노부(太老部)는 백 벌을 주문하도록 하지."

곤륜검노의 뜬금없는 대주문!

곤륜파의 원로 집단이라 할 수 있는 태노부의 총 인원이 스물을 넘지 않은데 백 벌을?

조휘가 놀란 기색을 가다듬으며 곤륜검노에게 되물었다.

"백 벌이요? 잘못 주문하신 것이 아닙니까?"

"곤륜제자들에게도 나눠 줄 걸세."

"아!"

이때까지만 해도 조휘는 자신의 라이더 재킷이 중원에서 얼마나 큰 반향을 일으킬지 짐작도 하지 못하고 있었다.

라이더 재킷에 검 하나 차지 않으면 스스로 강호인이라 자처할 수 없을 정도의 대유행!

무림의 구찌, 강호의 샤넬이 이렇게 태동하고 있었다.

44章.

44章.

　빙백여제가 이끄는 새외군단의 파죽지세에서 중원을 수호해 낸 위대한 가문이 기백 년 만에 강호에 나타났다.

　그렇게 사마가 수호한 대지에서 살아가는 자들이 벌써 그 은혜를 모두 잊어버렸단 말인가?

　아무리 조가대상회가 펼쳐 놓은 신문물에 호기심이 치밀기로서니 사마의 행렬을 거들떠도 보지 않다니!

　사마강은 와글와글 모여 가죽옷에만 정신이 팔려 있는 강호인들을 바라보며 화가 나기보단 당황스러웠다.

　설마하니 사마가 이런 취급을 당할 줄이야!

　'후⋯⋯.'

사마강은 최대한 긍정적으로 생각해 보기로 했다.

구파와 함께 얽혀 강호를 운영하지 않은 지 수백 년이 지난 마당.

사마세가는 저들에게 너무나도 성스러운 전설, 드높은 명성의 가문이어서 오히려 쉽게 다가오기 힘들 수도 있는 것이다.

하지만 그런 사마강의 긍정적인 마음가짐은 채 일다경도 못 가서 흐트러지고 말았다.

맹(盟).

거대한 깃발에 금실로 수놓아진 단 하나의 글자.

햇빛에 반사되어 찬란하게 빛나고 있는 그런 무림맹의 상징은 좌중을 압도하고도 남음이었다.

척척척.

그렇게 맹의 깃발을 들고 입장하는 기수를 선두로.

육중한 은빛 갑주로 무장한 채 무황을 호위하며 들어서고 있는 무림맹 최고의 무력단 정무수호대(正武守護隊)가 사마강의 시야에 들어온다.

그런 무황의 양옆에는 맹의 지낭이라 불리는 총군사 제갈찬휘와 맹의 저승사자(?) 감찰교위 단백우, 정무수호대주 진강천 등 쟁쟁한 맹의 권력자들이 늘어서 있었다.

한데 특이한 것은 그런 무림맹이 화산파의 행렬과 함께 입장하고 있다는 것이었다.

붉은 자수로 수놓아진 거대한 매화기(梅花旗)가 무림맹의

280 무6

깃발과 나란히 입장하고 있으니 가히 그 위용이 하늘에 닿을 듯했다.

무림맹과 나란히 설 수 있는 문파!

그 하나만으로도 당대의 무림에서 화산의 위치가 어느 정도인지를 여실히 느낄 수가 있는 것이다.

사마강이 눈짓하자 사마세가의 기수가 백호기를 더욱 높이 치켜세웠다.

저 무림맹과 화산파의 명성 앞에서도 결코 사마세가는 고개를 숙일 수 없었기에.

한데 점차 들려오는 무황의 목소리에 사마강은 또다시 아연실색하고 말았다.

"총군사! 저것이 내가 말하던 개천운차네!"

"……"

무황은 조가대상회의 총단 곳곳에 배치되어 있는 행사장을 발견하고는 한껏 들떠 있었다.

그렇게 그가 연신 신이 난 얼굴로 주변을 못살게 굴고 있으니 총군사 제갈찬휘로서는 그야말로 죽을 맛이었다.

"군사부의 예산으로 한 대만 사 주면 안 되겠는가……?"

"맹주님. 저건 사치품입니다. 출납 기록이 다 남는데 어찌 군사부의 예산을 운운하실 수 있습니까? 감찰교위를 옆에 두고도 그런 말씀을 하시다니요."

곁에 시립해 있던 감찰교위 단백우가 쓰게 웃었다.

"그렇습니다 맹주님. 맹 지휘부의 향락을 위한 사사로운 지출은 감찰 대상입니다."

"햐앙락? 지금 향락이라 했는가?"

무황이 버럭 성을 냈다.

"구름을 떠다니는 듯 부드럽다 하여 운차(雲車)라 불리는 마차라 하네! 자네들은 이 맹주가 이곳저곳을 마차로 이동할 때마다 지독한 요통(腰痛)에 시달리고 있다는 것을 아는가 모르는가?"

"매, 맹주님."

"말로만 허구한 날 건강하십시오, 존체 보중하십시오, 맹주께서 강건하셔야 강호의 안녕을 바랄 수 있습니다. 허! 말이나 못하면 밉지나 않지 이 모진 인사들 같으니라고."

이미 포양호 변에서 한번 운차택시(?)를 경험해 본 무황으로서는 그런 운차의 승차감이란 도저히 잊을 수 없는 종류였다.

"단 교위, 자네도 타 보지 않았는가? 이 맹주가 꼭 그렇게 평생 요통에 시달려야만 하겠는가? 입이 있으면 말해 보게!"

"맹주님……."

이를 지켜보던 총군사 제갈찬휘가 어쩔 수 없다는 듯 후 하고 한숨을 내쉬었다.

"후, 그럼 천상운차로 하시지요. 개천운차는 군사부의 예산으로 그 값을 치르기가 너무 부담스럽습니다."

"예끼!"

무황은 남궁세가를 방문했을 때 개천운차의 영롱한 자태를 은근히 자랑하던 남궁수가 떠올랐다.

아니 그래도 명색이 무림맹의 맹주인데 남궁세가보다도 급을 낮추라니!

섭섭하다.

이럴 땐 이 고지식하고 꽉 막힌 정파의 후배들이 너무나 꼴보기 싫다.

"됐네. 내 월봉을 모아 개인적으로 사겠네."

제갈찬휘를 측은한 눈으로 응시하는 단백우.

무황께서는 한번 토라지시면 꽤나 오래간다.

앞으로 당분간 몸이 안 좋다거나 무공을 가다듬는다는 핑계로 맹의 행사나 일정에 비협조적으로 나올 확률이 한없는 십 할에 가까웠다.

제갈찬휘도 못내 그 점이 몸서리쳐지는지 이를 꽈득 깨물며 다시 입을 열었다.

"구입해 드리겠습니다."

단백우가 크게 놀란 얼굴을 했다.

저 옹골찬 제갈찬휘의 성격상 군사부의 예산을 사사로이 유용하진 않을 터.

필시 제갈세가의 가산을 동원하거나 본인의 사비로 구입할 것이다.

졸지에 맹주에게 재산을 털려 버린 꼴이니, 그 씁쓸한 심정을 가눌 길이 없었던 제갈찬휘가 먼 산을 바라보고 있었다.

멀리서 그런 상황을 살피던 사마강이 무황에게 다가가 인사를 건네려고 할 그때.

별안간 무황의 시선이 다른 행사장으로 향했다.

"또 무슨 진귀한 물건이 있기에 저리도 사람들로 북적이는가?"

"매, 맹주님?"

다가오는 사마강을 발견하고서 어색하게 굳어 버리고 마는 제갈찬휘.

맹주가 이미 저만치 나아가 사람들의 틈에 섞여 버리고 말았기 때문이다.

"하아······."

실로 지독한 극한직업!

그렇게 제갈찬휘가 겨우 마음을 진정시키며 사마강에게 예를 표하는 그 순간, 무황은 사람들 틈에서 라이더 재킷을 바라보며 두 눈을 휘둥그레 뜨고 있었다.

"호오? 저건 무슨 옷인가? 특이한 양식이로고."

몇몇 강호명숙들이 무황을 알아보고는 기겁을 했다.

"매, 맹주님!"

"무림의 하늘을 뵙습니다!"

한 차례 손을 흔들며 명숙들의 인사에 화답하더니 이내 다시 발걸음을 옮기는 무황.

열심히 선주문을 받고 있던 조휘가 자신에게 다가오는 무황을 발견하고서 두 눈에 이채를 발했다.

'음.'

의념의 장막, 그 너머의 경지를 살필 수 없는 초극고수를 두 번째로 맞이하는 조휘.

과연 무림의 하늘이라 불릴 만한 자다.

"호오, 겉감에 주머니가 매달려 있는 복식은 처음 보는군. 더욱이 투박한 가죽을 이토록 정교한 양식으로 다루는 자가 있다니 가히 놀라운 손재주로다."

무황이 라이더 재킷의 주머니들을 이리저리 들춰 보더니 조휘를 쳐다봤다.

"주머니를 바깥으로 뺀 이유가 따로 있는가?"

"실용성 때문이죠. 중원의 의복 양식 대부분은 소지품을 꺼내기에는 불편한 점이 많습니다. 하지만 이 가죽옷은 쓰임이 다른 소지품들을 각기 따로 주머니에 넣어 둘 수 있고 다시 꺼내기도 매우 편리합니다."

"호오! 그 발상이 놀랍기 그지없도다! 한데 혹 격렬하게 움직이다 보면 물건이 빠지지 않겠는가?"

조휘가 라이더 재킷의 주머니를 살짝 벌려 단추를 드러내 주었다.

"이 단추로 옷감끼리 결착시킬 수 있습니다."

"이것이 단추라고?"

이때까지만 해도 중원의 단추란 동물의 뼈나 금속, 옥(玉) 등을 양 옷감에 매달아 서로 끼우는 형태가 대부분이었다.

저렇게 둥근 모양의 단추를 한쪽 옷감을 찢어 실매듭으로 마감한 후 옷감 자체에 꿰는 형태는 중세 이후에나 등장하는 양식.

그 간단하면서도 혁신적인 형태에 당연히 무황으로서도 두 눈이 휘둥그레질 수밖에 없었다.

단추가 주렁주렁 매달리지 않고 저렇게 본래의 옷감과 자연스럽게 어우러지니 더욱 태가 사는 것이다.

"대단한지고! 참으로 신기한 묘수를 부렸구나! 이 단추를 생각해 낸 자의 놀라운 지혜가 느껴지네!"

무학(武學)은 한 인간의 육체와 정신을 살찌울 뿐이지만, 이런 혁신가는 세상 전체를 풍요롭게 한다.

무황은 조가대상회의 그런 점을 평소에도 높이 사고 있었다.

"도대체 이런 광세의 의복을 생각해 낸 자가 누구인가?"

무황의 질문에 행사장의 아낙네가 공손하게 대답했다.

"모두 회장님의 지혜셨어요."

아낙네의 눈짓이 가리키고 있는 곳에는 조휘가 있었다.

"자네가?"

"음, 일단 그렇습니다."

왠지 조휘는 조금 양심이 찔렸다. 현대의 문물, 그 지적 재산권들을 베낀 기분이 들었기 때문이다.

"흡!"

순간 조휘는 갑자기 거대한 의념이 칼날처럼 변해 자신의 장막을 헤치는 느낌이 들었다.

순식간에 등줄기가 축축하게 젖어 올 정도로 광대무변한 기운!

한데 그 놀랍도록 강맹한 의념의 기운이, 자신의 의념 장막을 헤치자마자 마치 부드러운 산들바람처럼 변하여 온통 주위를 희롱하고 있었다.

열기와 냉기가 어우러지고, 산 기운과 죽은 기운이 교차하는 그야말로 기오막측한 기운.

어쩜 저리도 전혀 어울리지 않는 성질들끼리 조화로이 섞일 수가 있는지, 조휘의 가슴속에 그런 의아한 마음이 품어졌을 때 머릿속에서 검신 어른의 잦아든 목소리가 들려왔다.

-그야말로 오롯한 경지의 혼원태극이구나. 과연 진인(眞人)이라 불릴 자격이 있는 무당 도사다.

혼원태극(混元太極).

소림의 반야(般若), 화산의 자하(紫霞)와 더불어 무림의 삼대 무리(武理)라 불리는 공능이었다.

가볍게 기운을 받아들이는 것만으로도 그런 고절한 무리를 여실히 느낄 수 있을 정도.

그 부드럽고 음유한 기운이 그야말로 현묘하기 이를 데가 없다.

왜 무당이 무림의 남존(南尊)으로 불리며 강호인들의 존경을 받아 왔는지 단숨에 이해가 될 지경이었다.

　과연 절대적인 역량을 지닌 무인을 직접 겪어 본다는 것은 만 일의 수련보다도 더욱 진한 깨달음의 잔향을 남겼다.

　수많은 강호인들이 왜 그렇게 칠무좌를 한 번 보기를 갈망하는지 조휘는 이제야 이해할 수 있을 것 같았다.

　-지금까지 단 한 번도 무당조사 장삼봉의 경지를 본 좌의 아래라고 생각하지 않았느니, 그가 세상에 나서기를 주저하지 않았다면 그 역시 신의 휘호를 일신에 새겼으리라.

　조휘가 깜짝 놀라며 되뇌었다.

　'장삼봉이 그 정도라고요? 삼신 어른들과 비등할 정도로?'

　마신의 음성이 들려왔다.

　-그렇다. 그가 무당에 남긴 무공만으로 충분히 느낄 수 있다. 그의 진실된 경지가 얼마나 대단한가를. 그의 혼원태극은 자연경을 가장 잘 이해한 무론(武論)이다.

　'호오……!'

　조휘는 평소 장삼봉을 무당파의 유명한 시조라고만 여겼다.

　그가 중원에 남긴 이미지란 무인이라기보다 평생을 수양에 힘쓴 도인에 가까웠기 때문이다.

　한데 그런 그의 경지가 설마하니 삼신마저 인정할 수밖에 없는 자연경의 경지였다니!

　하긴 중원선종의 대가람이라 할 수 있는 달마와도 늘 비교되는 자이니 그럴 만도 하다.

"뭣이? 자하신공(紫霞神功)……?"

놀란 얼굴로 자신을 바라보고 있는 무황.

조휘가 식은땀을 흘리며 대답했다.

"예? 그게 무슨?"

"이건 자하의 기운이 아니더냐?"

결국 조휘의 무혼을 한 차례 살핀 무황이 마신공의 기운을 발견해 낸 것이었다.

조휘가 일부러 검천대신공만 극도로 일으키며 황망한 듯 입을 열었다.

"자, 잘못 보셨을 겁니다? 보시다시피 저는 검신의 유지를 이은 검수(劍手)입니다만?"

무황의 눈썹이 꿈틀거렸다.

"이 나를 노망난 노인네 취급하는 것이냐? 뻔히 그 무혼 속에 자화가 너울거리고 있거늘! 감히 내 눈을 속일 생각이더냐?"

"아, 아니……."

자화(紫火)가 아니라 마화(魔火)겠지 이 노인네야!

"검성(劍聖)께서 후학을 들이셨을 리가 만무하거늘…… 도 대체 어떻게 소검신(小劍神)이라 불리는 자가 화산 장문의 비 전이라 할 수 있는 자하신공을 익히고 있는 것이더냐? 이는 더 없이 중요한 문제이니 한 치의 거짓도 있어선 아니 될 것이다."

"……."

한데 이 마신공은 마신에게 이어받은 것이 아니라 검신 어

289

른에게 적법(?)하게 전수받은 신공이다.

군이 따지고 들자면 틀림없는 검신의 유산이라 할 수 있는 것이다.

아니 그런데 이 모든 사실들을 설명하려면 의천혈옥의 비밀을 말해야 했고, 그것은 자신도 존자들도 원하지 않는 일이었다.

신좌를 추종하는 자들의 손길이 어디서부터 어디에까지 미쳐 있는지 알 수 없는 상황에서, 조휘로서는 결코 혈옥의 비밀을 함부로 발설할 수 없었다.

그렇다고 대충 둘러댈 수도 없는 것이 무황의 표정이 너무나도 진지하다.

그렇게 조휘가 난감해하고 있을 때, 화산파의 행렬 쪽에서 고고한 발걸음으로 누군가가 다가오고 있었다.

"자, 자하검성!"

"천하제일좌!"

그는 자타가 공인하는 천하제일인, 자하검성 단천양이었다.

무황이 그런 단천양에게 예를 표하려다 굳어지고 말았다.

그의 무혼을 느낄 수가 없었기 때문이다.

'검성께서 설마?'

자연경에 도달했다고?

무황이 믿을 수 없다는 얼굴로 굳어진 그때.

"무량수불, 도조님을 뵙습니다."

공손한 도가의 예법.

그런 천하제일인 단천양의 극진한 예가 향하고 있는 곳은 다름 아닌 조휘가 서 있는 곳.

"도, 도조?"

무황이 두 눈만 뻐끔거리고 있었다.

도조(道祖).

도교의 세 신, 삼청(三淸)을 일컫거나 그들과 비슷한 반열에 이른 선인(仙人)이나 산신(山神)을 높여 칭하는 말이다.

"그, 그간 강녕하셨죠?"

극진한 예를 보이고 있는 자하검성이나 난감한 얼굴을 하고 있는 조휘나 둘 다 이해되지 않는 것은 마찬가지.

대관절 이 무슨 황당한 일이란 말인가?

무황.

그의 출도 이래 최대의 위기가 찾아왔다.

공손히 예를 표하고 있는 자하검성 단천양의 두 눈에서 잠시 이채가 일렁이다 사라졌다.

화산에게 자하(紫霞) 속에 담긴 마(魔)를 경고해 준 위대한 선인이, 기이하게도 그런 자하를 일신에 두르고 있었기 때문이다.

한데 기이한 것은 화산의 자하와는 또 묘하게 궤가 다르다는 것이었다.

강맹함 속에서도 정순하고 폭급하면서도 너르다. 불같이 이글거리면서도 도도했고 군림하면서도 포용적이다.

강호의 내로라하는 개세신공을 수없이 접했지만 이런 기묘한 기운을 뿜어내는 신공을 마주하는 것은 단천양으로서도 처음 있는 일이었다.

그가 왜 스스로의 실력을 숨기고 절대(絶大)의 외견을 두르고 있는지, 왜 대상회의 주인으로 활동하는지도 의문스러웠다.

그는 분명 전설적인 검신의 검공을 자신에게 드러냈다.

그것으로 확실하게 유추할 수 있는 점은 눈앞의 이 청년이 선계의 법력으로 인세에 둔갑하여 나타난 실제 역사 속의 검신이거나, 아니면 검신과 인연이 깊은 또 다른 선인이 자신에게 가르침을 내리기 위해 검신의 외견만 두른 것이거나 둘 중 하나라는 점이었다.

하지만 그것과는 별개로, 자신에게 친히 가르침을 내려 준 위대한 선인이라는 사실 하나만으로도 화산도가를 이끄는 종주의 예를 받기에 충분했다.

한 사람의 무인으로서 지극한 존경의 마음이 일어나는 것도 당연한 일.

'허어……!'

천하제일좌 혹은 천하제일인이라 불리는 단천양의 그런 선언적인 행보에 무황은 곤혹스러울 수밖에 없었다.

자하검성은 자신보다도 한 배분이 높다.

그야말로 무림 최고의 배분을 지닌 자가 단천양인 것이다.

그렇게 자신보다도 한 세대를 앞서 명성을 뿌리던 자가 하필 강호명숙이 모두 모인 이와 같은 자리에서 조휘에게 지극한 예를 보이며 도조(道祖)라고 칭해 버린 것.

그것은 가히 무림 최고 원로의 공대(恭待)를 받은 셈이다.

그렇지 않아도 조휘의 능수능란한 계략 때문에 조가대상회에게 많은 것을 양보한 무림맹.

그런 대단한 놈을 천하제일좌의 이름으로 무림 최고의 배분이라 인정해 버렸으니 앞으로 이를 어찌해야 한단 말인가.

무황이 잠시 머뭇거리더니 곤혹스러운 얼굴로 자하검신을 응시했다.

"정말 이 소협이 검신의 적전제자란 말이오?"

단천양이 묘한 표정을 지었다.

이 위대한 선인께서 검신의 적전제자라고?

일 합(一合)에 화산파를 지워 버리는 검공을 지닌 이가 어찌 검신의 적전제자 따위로 불릴 수가 있단 말인가.

그런 자연검(自然劍)은 자연경의 초입에 이른 자신으로서도 흉내조차 낼 수 없는 초월적인 경지였다.

하지만 그가 그런 행세를 하고 있다면 장단을 맞춰 줄 수밖에 없는 노릇.

위대한 선인이 왜 이토록 인세에 개입하는지는 알 수 없었으나, 그런 선인의 존재가 강호에 드러난다면 그 혼란은 걷잡을 수 없을 것이다.

"그렇소 맹주. 화산 검종의 이름으로 그의 신원을 보증하겠소."

"허!"

검신의 적전제자라니!

그 말인즉 이제 조가대상회의 종주가 무림의 모든 세력을 통틀어 최고의 배분을 지닌 존재라는 뜻이 된다.

무황으로서는 그야말로 기경할 노릇.

"어떻게 수백 년 전의 인물인 검신의 심득을 직접적으로 사사할 수 있단 말이오? 그가 살아 돌아오기라도 한 것도 아니거늘 도무지 말이 될 수가 없소!"

화산의 종주가 조휘의 신원을 보증한 마당에 그 뜻을 부정한다는 것은 무림맹주인 무황에게도 결코 쉬운 일이 아니었다.

하지만 이 문제만큼은 무조건 짚고 넘어가야 했다.

정파에서 배분에 관한 문제는 결코 간단한 사안이 아닌 것이다.

"사승(師承)을 잇는 방도에 꼭 존장의 생존이 전제되어야 하는 것만은 아니오. 그 옛날 무상검황께서도 무상도원록(無上道元錄)의 존재를 강호에 드러내고 공표함으로써 수백 년 전의 기인인 무상도인(無上道人)의 제자임을 공증받지 않았소."

단천양의 그런 대답에 무황이 조휘를 쳐다보았다.

"검신의 제자임을 공증 받을 수 있는 증좌가 있는가?"

조휘는 잠시 생각해 보더니 검신 어른에게 물었다.

'강호에 검총(劍塚)을 드러내도 됩니까?'

의외로 검신은 흔쾌히 수용했다.

-검총을 접한 검수들이 스스로를 깨고 경지를 돌파한다면 오히려 무림의 홍복인 터. 허나 검총의 검흔만을 접하고 깨달음을 얻을 자는 그리 많지 않을 것이다.

어차피 현대의 한글과 수학, 물리학을 모르는 중원인들이 검총을 접하고 얻을 수 있는 것에는 한계가 있었다. 굳이 강호에 검총이 드러난다고 해서 조휘로서는 경계할 이유가 없는 것이다.

고작 검흔만을 접하고 깨달음을 얻어 자연경에 이른 검신이 비정상적인 인간인 것.

하기야 그것은 의천혈옥에 영혼을 귀속시키는 대가로 얻은 하늘의 무재(武才)가 그에게 있었기에 가능한 일이었다.

조휘가 결심한 듯 입을 열었다.

"섬서 감천현(甘泉縣), 추회곡(秋回谷). 그곳의 어느 봉우리에 검총이라는 동굴이 있습니다. 저는 그곳에서 검신께서 남긴 심득을 얻었습니다."

느닷없는 조휘의 엄청난 선언에 장내가 찬물을 뒤집어쓴 듯한 적막에 휩싸였다.

"……."

"……."

무황도 자하검성도, 그 외의 모든 강호명숙들도 그저 뜨악한 얼굴로 굳어져 버린 것이다.

이윽고 정신을 차린 강호인들의 비명 소리가 사방에서 울려 퍼졌다.

"섬서 감천현 추회곡!"

"거, 거, 검신(劒神)의 심득이라니!"

무황은 도무지 정신을 차리지 못했다.

살면서 이토록 당황스러웠던 날은 단연코 없었다.

무려 검신의 심득이 남겨져 있다는 심처를 저리도 아무렇지 않게 공개해 버리다니!

지금까지 전대 고수의 비처가 담긴 한 장의 장보도로 인해 강호에 얼마나 많은 피바람이 몰아쳤는지 진정 모른단 말인가?

그런 무황이 침을 꿀꺽 삼키며 천천히 입을 열었다.

"……그게 진정 사실인가?"

조휘가 천연덕스럽게 대답한다.

"이렇게 수많은 강호의 명숙들 앞에서 어찌 제가 함부로 입을 놀리겠습니까?"

"허……!"

이어진 소검신의 확언(確言)에 많은 강호인들이 술렁이며 자파의 행렬로 되돌아갔다.

정파인들의 특성상 체면 때문에 곧바로 움직이진 않겠지

만 사실 확인을 위해 곧 저들의 본산으로 수없이 많은 전서구
들이 날아갈 것이다.

그리고 마침내 섬서 감천현은 인세에 펼쳐진 지옥도가 될
것이 자명했다.

진득이 이를 물고 있던 무황이 자신의 전 의념을 일으켜 사
자후로 맹주의 권위를 드러냈다.

-갈(喝)!

그의 음성에 담겨 있는 가공할 의념의 파도로 인해 조가대
상회 총단 전체가 거친 진동에 휘감겼다.

꾸르르르릉!

웅성이던 소란과 혼란이 일시에 잦아든다.

늘 호협한 인품과 넉넉한 인상으로 뭇 강호인들의 존경을
받던 무황이 이토록 분노를 드러내는 것은 지극히 이례적인
일이었기 때문이다.

-현 시간부로 모든 정파인들에게 섬서 감천현의 출입(出
入)을 금(禁)한다! 이는 맹령(盟令)이자 이 무황의 공표(公
表)! 이를 어기는 자는 맹의 법도에 따라 처결할 것이니 그대
들은 결코 경거망동(輕擧妄動)하지 말라!

엄정하지만 일견 과격해 보이는 무황의 선언에 강호의 명숙들은 한결같이 두려운 표정을 숨기지 못했다.

이것이 그가 무림맹주라 불릴 수 있는 이유다.

단순히 무공의 높고 낮음을 떠나 무황이라는 사람 자체가 가지고 있는 천연적인 위엄.

중원의 하늘 아래 가장 강력한 세력을 이끄는 종주로서의 위엄을 잔뜩 드러내고 있던 그가 다시 조휘를 응시했다.

"감히 무림맹주의 앞에서 검신의 적전제자를 참칭하진 않았겠지. 만약 그것이 허언(虛言)이라면 동맹이고 뭐고 개의치 않겠네. 내 친히 맹의 모든 무력대를 동원하여 조가대상회의 주춧돌 하나 남기지 않을 것이야."

무황의 엄혹한 표정, 진득한 살기를 조휘는 그저 담담히 받아들이고 있을 뿐, 오히려 그는 역공을 펼치고 있었다.

"그곳에 검총이 실제로 존재한다면요? 그때는 무황께서 제게 무엇을 약속할 겁니까?"

"그거야!"

잠시 생각하던 무황이 다시 맹주의 권위를 드러냈다.

"맹의 이름으로 자네의 배분을 인정하고 본 무황이 공증인이 되어 이를 강호에 공표할 것이다. 당연히 자네는 이 무황에게도 공대를 받게 되겠지."

조휘가 피식 웃었다.

"아니 그 정도로는 안 되죠. 이쪽은 총단의 주춧돌까지 모두 걸었는데 고작 맹주의 공대나 받자고 그런 모험을 한답니까?"

"고, 고작?"

아니, 무려 무림맹주의 공대인데?

무황의 공대는 결코 가벼운 것이 아니다.

그렇게 무림 최고의 배분을 인정받는다면 소검신이라는
별호가 갖는 권위와 명성은 천금을 주고도 살 수 없는 것으로
변할 것이다.

"원하는 것이 무엇이란 말인가?"

조휘는 귀계가 담긴 상인의 음습한 표정으로 두 눈을 번뜩
였다.

"이왕지사 이렇게 된 거 제게 사업권을 주시죠. 어차피 맹
주께서 우려하시는 것은 강호의 혼란이지 않습니까? 사업권
을 주신다면 제가 깔끔하게 해결하겠습니다."

"어떤 사업권을……?"

조휘가 활짝 웃었다.

"헤헤, 제가 검총을 명승고적(名勝古跡)으로 가꾸겠습니다.
무려 신(神)의 검혼이 숨 쉬는 곳입니다. 사람들이 구름처럼
몰려들 것이 분명한데 이를 관리하는 체계가 있어야죠."

"과, 관리?"

"당연히 관리해야죠. 괜히 어중이떠중이 다 몰려들면 피바
람이 불 것이 분명한데 반드시 체계를 잡아야 합니다. 게다가
저는 검신의 적전제자 소검신 아닙니까? 명분에도 이치에도

맞는 일입니다. 대신……."

"대신?"

"헤헤, 관리는 은자가 드는 일이니 검총에 드는 이들에게
소정의 관광료를……."

무황의 얼굴이 보기 흉하게 일그러졌다.

아니 무려 전설적인 검신의 흔적이 남아 있는 비처를 유적
지로 만들겠다? 그것도 관광료를 받는?

그때 조휘의 머릿속에서도 검신의 당황해하는 음성과 마
신의 어처구니가 없다는 웃음소리가 함께 들려왔다.

-이, 이놈! 지금 뭐 하자는 짓이냐?

-껄껄껄!

조휘는 들은 체 만 체 다시 얼이 빠져 있는 무황을 향해 입
을 열었다.

"아니 이게 무슨 고민이나 할 계제입니까? 무황께서는 맹
령이라는 강압적인 통제를 철회하는 셈이니 보기에도 좋고,
또 다른 명승고적이 탄생하는 셈이니 뭇 강호인들의 홍복이
며, 거기에 무림의 혈겁을 미리 막은 셈이니 그야말로 일석삼
조라 할 수 있지 않겠습니까?"

"……."

이번에는 조휘의 시선이 무황과 함께 얼타고 있는 자하검
성에게 향했다.

"아니, 검성께서도 한 말씀 보태셔야죠. 혹 제 말에 틀린 점

이 있습니까?"

"어, 없습니다."

무림이라는 세상이 탄생한 이래 사부의 심처를 돈 받고 팔
겠다는 제자는 이놈이 처음일 것이다.

강호의 도리와 상식으로는 도무지 상상도 해 보지 못한 일
이 무황과 자하검성에게 닥친 것이다.

"게다가 감천현은 화산과 지척이 아니겠습니까? 어차피 관
광객…… 아니 강호인들이 몰려들면 저희 계열상들이 함께
움직여야 합니다. 이번 기회에 화산파도 저희 조가대상회의
선진적인 문물을 한번 경험해 보시죠."

이것이 조휘의 진정한 목적이었다.

구대문파 중에서 가장 돈이 많다는 화산과 거래를 트는 것!

단천양이 곤혹스러운 표정으로 난감해했다.

아니 무슨 선인이 이리도 돈을?

화산의 불의를 엄정하게 꾸짖던 과거 그의 모습과 도무지
어우러지지 않는다.

"본 파는 도문입니다. 어찌 함부로 물욕을 앞세울 수 있겠
는지……."

"에이, 도사들이라고 밥 안 드십니까? 옷도 안 입으세요?"

"무량수불, 그런 건 아니지만……."

조휘가 버럭 인상을 구겼다.

"이거 왜 이러십니까? 저희가 무슨 미혼약이나 독을 거래

하는 마상(魔商)입니까? 내 자하검성님 그렇게 안 봤는데 진짜 섭섭합니다."

"……"

조휘는 이 와중에도 개천운차의 행사장을 한 번씩 힐끔거리고 있는 무황을 살피더니 두 눈에 기광을 발했다.

"제게 사업권을 주신다면 개천운차를 한 대 드리죠."

무황이 화들짝 놀랐다.

"개, 개천운차를?"

"예. 최고급 편의 사양을 추가하여 한 대 만들어 드리겠습니다."

"최고급!"

조휘의 그 말에 무황의 눈이 돌아갔다.

"좋네! 자네의 그 제안을 받아들이도록 하지!"

사업적인 측면에서 검총으로 벌어들일 어마어마한 돈을 생각하면 개천운차는 그야말로 미미하다고 할 수 있는 투자.

그렇게 조휘는 신(神)의 명성마저 사업에 접목시켰다.

검총(劍塚).

무림 역사상 최대 규모의 유적지가 마침내 탄생한 것이다.

<7권에 계속>

슬기로운 회귀생활

※출판 일정에 따라 출간일은 변경될 수 있습니다.
2020년 11월 16일
1,2권 동시출간 예정!

은반지 현대판타지 장편소설

MORDERN FANTASY STORY

가문의 이익을 위해 길러진 개, 황재건.
당연하게도 그 인생의 끝은 토사구팽이었다.
철저히 이용만 당하다 버려진 그날,
세상은 그에게 또 한 번의 기회를 주었다.

[기반된 운명(運命)이 수레바퀴에 의해 뒤틀립니다.]

눈앞에 보이는 광경은 10여 년 전 머물던 방 안.
F급 각성으로 찬밥 신세를 면치 못했던 20살 때였다.

'이건…… 그냥 나잖아?'

그런데 SSS급 헌터의 힘이 그대로다.

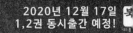

2020년 12월 17일
1,2권 동시출간 예정!

※출판 일정에 따라, 출간일은 변경될 수 있습니다.

회귀로

영웅독점

수없이 이어져 온 인간과 나찰 간의 전쟁.
그 안에서 홀로 살아남은 건
가장 재능 없다 여겨졌던 둔재, 이서하뿐.

'처음부터 다시 해 보자.'

이제껏 도망만 쳐 왔으나, 이제는 다르다.
복수의 돌로 다시 시작하는 인생.

안타깝게 스러져 간 영웅들.
대적을 도륙시킬 희대의 보구들.
그 모든 것을 선점해 역사를 바꾸리라.